奥兹国奇遇记

格 琳 达

［美］弗兰克·鲍姆〇著
［美］约翰·R.尼尔〇绘
刘颖〇译

CHISO 新疆青少年出版社

图书在版编目（CIP）数据

格琳达 / (美) 弗兰克·鲍姆著; 刘颖译. -- 乌鲁
木齐: 新疆青少年出版社, 2023.4
（奥兹国奇遇记）
ISBN 978-7-5590-9331-8

Ⅰ.①格… Ⅱ.①弗… ②刘… Ⅲ.①童话 – 美国 –
近代 Ⅳ.①I712.88

中国国家版本馆CIP数据核字（2023）第066862号

格琳达
GELINDA

弗兰克·鲍姆 著　约翰·R.尼尔 绘　刘颖 译

出版发行	新疆青少年出版社有限公司
社　　址	乌鲁木齐市北京北路29号
电　　话	0991—6239231（编辑部）
经　　销	各地新华书店
印　　刷	天津融正印刷有限公司
法律顾问	王冠华 18699089007
开　　本	787mm×1092mm　1/16
印　　张	11
版　　次	2023年6月第1版
印　　次	2023年6月第1次印刷
书　　号	ISBN 978-7-5590-9331-8
定　　价	45.00元

新疆青少年出版社有限公司官网　http://www.qingshao.net

新疆青少年出版社有限公司天猫旗舰店　http://xjqss.tmall.com

CHISO 新疆青少年出版社

格琳达是奥兹仙境的一个善良、可爱的女巫，也是奥兹玛公主和多萝茜的朋友，许多熟悉她的朋友都想看到更多关于她的故事。因此，在新的奥兹国故事中，奥兹国的皇家史学家弗兰克·鲍姆先生写了一整本书，来讲述格琳达和魔法师如何竭尽全力拯救奥兹玛公主和多萝茜，她们在调解平顶头人和斯基泽人之间的矛盾时，陷入了可怕的危险中。

斯基泽人的首领库伊欧女王是一个虚荣而邪恶的女巫，可以说是所有危险的制造者。她确实成功地让斯基泽岛上的每个人都陷入了令人难以置信的危险之中。

当鲍姆先生告诉你，奥兹国的每个人多么担心奥兹玛公主和多萝茜的安危，以及格琳达为拯救她们所做的出色表现时，你肯定会激动不已，钦佩不已。

鲍姆先生在不得不离开地球上的小朋友们之前，尽了最大的努力回答了他们的来信，但他不能全部回答，因为来信太多了。1919年5月，他带着自己的故事去见那些很久以前就住在地球上，却不曾读过奥兹国故事的孩子们。

我们都遗憾他不能继续留在这个世上，我们也很难过地告诉你，这是他最后一个完整的故事。但是他留下了一些关于奥兹玛公主、多萝茜和奥兹国人民的未完成的故事，我们保证，有一天，我们会把它们像拼图一样拼在一起，给你更多关于奥兹国的故事。

你们诚挚的朋友

奥兹国

目录
Contents

目录
Contents

第一章

职责的呼唤

奥兹仙境里的仕女们个个仙姿佚貌，倾国倾城。格琳达女巫在一百位美丽仕女的簇拥下，端坐在华丽的宫殿中。宫殿由精美绝伦的大理石建成，美丽的喷泉喷出晶莹的水花，叮叮咚咚地发出悦耳的声响，宫殿里高大的柱子一直向南延绵。

仕女们身穿五彩衣衫，惬意地欣赏着眼前的美景，脸上展露出舒心的笑容。广阔的田野呈现出一片美丽的玫瑰色，苍翠的树枝上挂满了累累的果实，盛开的鲜花散发出迷人的香气。一切的一切都让人心旷神怡。

有时，一位仕女会引吭高歌，其他的仕女应和着歌声。有时，一位仕女会伴随着另一位仕女的琴声翩翩起舞。女巫格琳达很喜欢欣赏仕女们的载歌载舞，每当这时候，她都

会露出美丽的笑容。

过了一会儿，田野里出现了一个缓缓移动着的东西，不断靠近通向城堡大门的马路。有几位仕女的眼中流露出一丝歆羡。女巫眯着眼睛看了那个东西一眼，随后高兴地点了点头。那是她的朋友和女主人来了。纵观奥兹全国，能被格琳达敬重的只有这位女主人了。

不一会儿，远处驶来一辆红色的车子，是由一匹神奇的锯木马拉着的，令人大开眼界。锯木马拉着红马车停在了大门口，两位年轻的女子从车上走了下来。那是奥兹国的统领奥兹玛公主和她的伙伴多萝茜公主。她们身穿白色的衬衫，衣着朴素无华，一路欢声笑语地走上了宫殿的大理石台阶。没人能想到，这样的两位女子居然就是这美丽仙境中地位最尊贵的人。

仕女们躬身侧立在一旁，迎接着奥兹玛公主。格琳达伸开双臂，热情地欢迎着贵客。

奥兹玛用悦耳的声音说道："我和多萝茜闲来无事，忽然想起好像有好几个礼拜没来你的奎德林领地了。于是就驾着锯木马红马车来看一看你在忙些什么。"

多萝茜说："我们路上很匆忙，锯木马飞驰，风把我的头发都吹乱了。往常从翡翠城到这里需要一天的时间，今天我们不到两个小时就到了。"

"欢迎欢迎！热烈欢迎！"格琳达一边说着，一边带着她们走过大厅，来到了华丽的宫殿里。奥兹玛拉着格琳达的手，多萝茜和相熟的仕女们亲吻着打招呼，宾主相谈甚欢，气氛热烈欢欣。等到多萝茜也走进宫殿里的时候，就看见格琳达和奥兹玛正一本正经地商讨着国家民情，讨论如何让百姓安居乐业。尽管她们的子民已经是这世上最幸福的人了。

和奥兹玛女王的兴致勃勃不同，多萝茜对这件事一点儿兴趣都提不起来。于是，她走到了一张放着格琳达魔法记事簿的桌子前。

这个记事簿是奥兹国最珍贵的东西之一。格琳达视它高于一切。它一直被牢牢地拴在大理石的桌子上，用的是黄金的链子。格琳达出门的时候，就会用五把镶嵌着宝石的锁把它锁住，然后把钥匙藏在胸前，片刻也不离身。

无论是哪个仙境，都无法找到能和这个记事簿相媲美的魔法器具。记事簿上事无巨细地记录着世界上每一个地方发生的每一件事。只要事情发生了，记事簿上就会立马显现出来。虽然有时不能达到人们预期的那样详尽细致，但是确实是准确无疑的。发生的事情如此多，简单记录也是正当需求。不那样的话，格琳达的记事簿也承载不下那么多信息。

格琳达每天都会翻看这个记事簿，多萝茜每次来这里玩耍时，也喜欢看看世界各地发生了哪些有意思的事情。奥兹仙境一直都很太平，因此相关的记录也很少，不过，今天多萝茜发现了一件有意思的事情。就在她翻看记事簿的时候，那些印刷字还在刷刷地不断显现着。

她禁不住高声叫道："哎呀！快来看呀！太好玩儿了，奥兹玛，你知道吗？在奥兹国里，居然还有一个名叫斯基泽的部落！"

奥兹玛走到多萝茜的身边，回答道："没错。我在环状甲虫教授的《奥兹国地图》上看到过这个名字。不过，我并不清楚斯基泽人到底长什么样子。我身边也从没有人见过或者听说过他们。斯基泽和吉利金领地毗邻，一边是茫茫的沙漠，一边是乌盖布山。在奥兹国中，我知道的也仅此而已。"

多萝茜说："我估计除了斯基泽人自己，没有人了解那个地方。不过，

记事簿上记录着，奥兹的斯基泽人向奥兹的平顶头人发出了挑战。估计战争是在所难免的，看起来麻烦事儿就要来了。"

"记事簿上就写了这些内容吗？"奥兹玛问道。

"千真万确。"多萝茜重重地点点了头，万分肯定地回答道。奥兹玛和格琳达也吃惊地翻看着记事簿上的内容，满腹疑问。

奥兹玛冲格琳达问道："亲爱的格琳达，你说平顶头人是什么人？"

格琳达躬身说道："尊敬的女王陛下，我也不知道。我还是第一次听到这个名字，就是那个斯基泽人我也是第一次听说。在奥兹国的边缘地带，那里有很多神秘的部落，他们从不离开故土一步。奥兹国里比较有名的领地，也从没有派人去那里看过他们，因此我也无从了解他们。你如果想了解斯基泽和平顶头部落的情况，我可以施一下魔法来看一看。"

"好吧，那就看你的了。"奥兹玛神情严肃地说道，"格琳达，你应该明白，如果他们是奥兹国的人，就是我的子民。只要我的能力许可，在我的国家里是绝不允许战争发生的。"

格琳达女巫说："女王陛下，我会竭尽全力为您提供情报和信息。请您允许我先行告退，我要去我的魔法室里施一下魔法看看了。"

多萝茜急忙请求说："那我可以和你一起去吗？"

女巫回答道："哦，很抱歉，公主殿下，我施法术的时候不能有别人在场，否则法术就会失灵的。"

格琳达独自在自己的魔法室里施魔法，多萝茜公主在外面静静地等待着。

差不多过了一个小时，格琳达神情严肃地走了出来。

她向奥兹玛公主禀告说："陛下，在遥远的地方有一个广阔无垠的湖泊，里面有一座魔法岛，正是斯基泽人的居住地。因为斯基泽人会使用魔法，所以我无法观测到那里的详细情形。"

奥兹玛惊讶地说："什么？奥兹国还有一个这样的湖泊？我居然不知道。在地图上只显示有一条河贯穿斯基泽而过，从没见到有什么湖泊啊！"

女巫解释说："那是因为绘制地图的人也没去过那里，湖泊的存在是肯定的，那里有一座魔法岛也是肯定的，斯基泽人就居住在那个岛上。"

"那你知道他们长什么样子吗？"奥兹玛询问道。

格琳达回答说："我的魔法无法知道这一点。斯基泽人用魔法封印了整个岛屿，外面的人无法知道岛上的任何情况。"

"那平顶头人都要对他们发动战争了，应该对他们的情况有所了解才是。"多萝茜开口说道。

"你说的也许对，不过我对平顶头人的情况也不怎么清楚。只知道他们住在斯基泽湖南边的一座山上。那座山的山壁陡峭，山顶宽阔，并且向内凹陷，呈现出大圆盘子的形状。平顶头人的家就在那个盘子里。他们懂魔法，一步也不离开自己的家园，也不允许外人去探望。据我所知，平顶头人男女老少全加起来，满打满算只有一百人。斯基泽人有一百零一人。"格琳达说。

"他们有什么解决不了的矛盾呢？为什么要发动战争呢？"奥兹玛问。

"女王陛下，这件事情的具体情况我也不清楚。"格琳达说。

多萝茜插话说："但是，奥兹国的法律不是规定，只有格琳达和小个子魔法师才可以使用魔法吗？那样的话，这两个稀罕部落的子民会使用魔法，是不是意味着违反了奥兹国的法律，要受到惩罚？"

奥兹玛摇头笑了笑，对多萝茜说："对于那些从不知道我这个人，也不知道我颁布的法律的人们，你能让他们遵守法律吗？和我们对他们的陌生一样，估计他们也不知道我们的存在。"

"应该让他们知道这些，奥兹玛，我们同样需要了解他们。那让谁去通知他们呢？如何让他们乖乖服从命令呢？"多萝茜说。

奥兹玛低沉地说："是啊，我也在考虑这一点。格琳达，

这件事你怎么看？"

格琳达沉思了一会儿，说："如果你从没有在我的记事簿上看到斯基泽人和平顶头人的存在，就不会烦恼这些了。何不假装当作从不不知道那些人的存在呢？那样你就不必操心这个了。"

奥兹玛反驳道："作为奥兹国的统治者，我不能这样做。此外，还有吉利金、奎德林、温基、蒙奇金和翡翠城。我是奥兹仙境的女王，有责任让所有的子民安居乐业。无论他们是什么样的人，我都要尽全力帮他们解决纠纷，阻止战争。对于现在的斯基泽人和平顶头人来说，他们并不知道我是合法的统治者。但是我已经知道了他们就住在我的领土上，是我统治下的子民。因此，我不能装作不知道这件事，任由他们互相争斗，引发战争。那样的话就是我的失职了。"

多萝茜赞同道："奥兹玛，你说得很对。你确实应该去吉利金领地，调解他们的争端，让他们遵规守纪。可问题是你怎么去那里呢？"

女巫格琳达说："女王陛下，恕我冒昧。那些蛮夷之地危险重重，那里的人也许非常野蛮好斗，你的安全应该如何保障呢？"

"我不怕！"奥兹玛笑得很坦然，开口说道。

多萝茜急声说："这和害不害怕没有关系！大家都知道你是仙女，别人伤害不了你，也杀不了你。我们也知道你的魔法很厉害。可是，亲爱的奥兹玛，你知道吗？就算这样，我们以前遇到的那些凶恶敌人同样给你制造了很多麻烦。何况我们也不允许奥兹国的统治者去冒险。"

"或许并不会有什么危险。"奥兹玛笑着说，"多萝茜，你别总往最坏处想。人的想象力要用在好的事情上。何况我们还不知道，斯基泽人和平顶头人到底是不是敌人或者坏人。或许他们非常善良友好，和他们讲道理会很容易。"

格琳达赞同多萝茜的说法，劝道："女王陛下，多萝茜说得没错。我们对那些远方的人并不了解。目前仅仅知道他们要发动战争，都会使用一些魔法。你本应该受到友好的欢迎，但是如果他们不喜欢别人插手这件事，一定不会友好地欢迎你去，而是会敌视你，把你当成敌人。"

"那就带着军队一起去，那样或许问题就不大了。但是全奥兹国只有一支军队。"多萝茜建议道。

"我有一个卫兵。"奥兹玛说。

"你说的是绿胡子卫兵吗？他那个人视他的枪如魔鬼，从来不敢把子弹装进枪里去。我基本已经可以预见到，那个家伙真到了打仗的时候肯定立马逃命。就算他骁勇善战，英勇无敌，也抵挡不了二百零一个斯基泽人和平顶头人的进攻啊。"

"那你们有什么好主意吗？"奥兹玛问道。

"我倒觉得你不如派遣奥兹魔法师去通知他们，告诉他们奥兹的法律不允许发动战争，命令他们化干戈为玉帛。再让魔法师传达，如果他们不执行女王殿下的命令，就会遭受惩罚。"格琳达建议。

奥兹玛觉得这个方法不可行，摇头说："如果他们拒绝的话，该怎么办？那样我就必须对他们施以惩罚。这并不是一件愉快的事情。我觉得还是我单独前往，不带军队，用我的威严使他们臣服于我。如果他们确实不服从，我再用其他的方法制服他们。"

多萝茜忧心忡忡地说："唉！这件事无论怎么解决都很麻烦。我为什么要动手去翻看那个记事簿呢？真是追悔莫及啊！"

"既然我已经知道了这件事，无论多么棘手，我都会竭尽所能地去解决。亲爱的多萝茜，你明白吗？"奥兹玛接着说，"我决定马上就出发，去斯基泽人的魔法岛和平顶头人的魔法山，帮助那里的人民调解那里的争端，阻止战争的发生。现在还有一个问题没想好，就是我到底是独自前往，还是带着一些朋友以及皇家支持者和我一起上路。"

"我非常愿意陪你一起去，紧张的事情通常都很有趣，这件事一定也不例外。我可不想错过任何精彩的事件。"多萝茜积极地应和道。

不过，奥兹玛和格琳达可没把她的话当回事儿。眼前这场历险需要认真对待，她们正思考解决问题的方法呢！

"虽然很多朋友都想陪你一起去，但是当你真正遇到危险的时候，大家都没有能力保护你的安全。在奥兹国，我和小个子魔法师都会一些魔法，而你是奥兹国最优秀最厉害的仙女。你拥有令人心甘情愿臣服于你的本领，这种本领举世无双，别人无法企及。我认为你独自前往，会比一堆人陪你前往更容易解决这件事。"

奥兹玛也说："没错，我相信我可以照顾好自己，不过保护别人就说不好了。我当然不愿意被拒绝，我会友好地和那些人交流。无论是什么矛盾，我都会公平公正地调解好的。"

"你难道不打算带着我吗？奥兹玛，有人陪你去难道不是更好吗？"多萝茜央求道。

奥兹玛笑着说："看你急的，我找不到不带你的理由啊！两个姑娘去的话，可以营造友善和谐的氛围，不会让人觉得气势汹汹。他们也不会想到我们的真正目的。现在我们必须马上返回翡翠城，准备好后，明天早上就出发上路，以便尽快阻止那些冲动的人发动战争。"

格琳达虽然不怎么满意这个计划，但是也想不到其他更好的方法。她很了解奥兹玛。奥兹玛善良温柔，同时又很固执。决定了的事情不会轻易更改。格琳达很有信心，那些固执的陌生人对于统治奥兹国的仙女来说，不足挂齿，造不成什么威胁。而多萝茜只是一个从堪萨斯州来到奥兹国的小女孩，并不是仙女。对奥兹玛来说，芝麻大的危险，如果降临到多萝茜这个普通人身上，结果都会变得不堪设想。

多萝茜现在住在奥兹，奥兹玛授予了她公主的封号。在奥兹仙境中，她的安全无忧，没有人能伤害她，也没有人能杀了她。这样带来的弊端就是她将永远长不大，外表一直是刚来奥兹国时的小女孩的模样。要想改变，除非有朝一日她的身体离开了奥兹仙境，或者是从精神上离开这里。可多萝茜只是个普通人，如果她得不到应有的保护，或许会被剁成碎块，感觉不到疼痛，分散到各地；或许会被深埋到地下；也或许会被坏魔法师用其他方法折磨。格琳达在她的宫殿里徘徊来徘徊去，脑子里闪现着各种恐怖的画面，气氛很沉重。

善良的女巫终于停了下来，她把手指上的一只戒指摘了下来，送给了多萝茜。她叮嘱道："好好戴着它，千万不要摘下来，直到你回到这里。如果遇到危险，就把戒指先向右转，再向左转。这样我的宫殿里的警报就会响起来，我会立马来救你。不过不要轻易使用它，除非到了危急时刻。你和奥兹玛在一起时，她会帮你解决掉小麻烦。遇到解决不了的大麻烦时再用它。"

多萝茜戴上戒指，感谢道："亲爱的格琳达，太谢谢你了。我也会戴着那条魔法腰带——就是矮子精国王送的那条腰带。如此就算斯基泽人和平顶头人对我如何，我也可以平安度过。"

虽然这次旅行并不漫长，但是奥兹玛在离开翡翠城的王宫之前，还需要做很多安排。她告别了格琳达，带着多萝茜上了红马车。咒语响起，锯木马开始飞驰起来。一路上，多萝茜只能紧靠在座位上，连话也不能说，什么事也不能做。

第二章

奥兹玛和多萝西

　　此时，在奥兹玛王宫里住着的是一个名副其实的稻草人。他聪明又优秀，短暂地统治过奥兹国，人民很尊敬他，也很爱戴他。

　　以前，有一位蒙奇金农夫，他把稻草塞到一套旧衣裤里做了个稻草人。他用塞满稻草的鞋和棉手套做成了稻草人的脚和手，在麻袋里装满稻草充当稻草人的头，安在稻草人的肩膀上，头上还戴了一顶帽子。他又在麻袋上画了眼睛、鼻子、嘴巴和耳朵。哎呀！看起来栩栩如生，和真人无异。农夫把稻草人插在一根木头杆子上，再插在田地里，稻草人就这样活了过来。多萝茜路过田地的时候，被这个稻草人吸引，把有生命的稻草人从木头杆子上拔了下来，带着他一起来到了翡翠城。奥兹魔法师给他装上了聪明的大脑，稻草人很快就成长为了一个优秀的人才。

　　从格琳达那里回来后的第二天，奥兹玛就请稻草人在她出门的这段时间肩负起治理奥兹国的重任。稻草人作为奥兹玛最好的朋友和最忠诚的子民，深受奥兹玛看重，他义不容辞地答应了。

奥兹玛叮嘱多萝茜，这次行动需要严格保密，在她们回来之前，千万不要把她们的行程告诉别人，也不要对别人提起斯基泽人和平顶头人的事。多萝茜答应会保守秘密。虽然她很想把这次出行计划告诉她的两个好朋友——小特洛特和贝翠·鲍宾，但是她最后还是忍住没说出来。这两个小姑娘就和她一起住在奥兹玛的王宫里。

除了女巫格琳达知道她们要出门这件事，没人知道她们要去干什么，就连小个子魔法师都不知道。奥兹玛不知道到斯基泽湖的路能不能走车，不过还是带上了锯木马和红马车。

整个奥兹国幅员辽阔，茫茫的沙漠覆盖了很多地方。从地图上看，斯基泽位于奥兹国的西北部，挨着北边的沙漠。翡翠城位于奥兹国的中心，两个地方相距甚远。

在翡翠城的近旁区域，各个部落里的子民都不少。距离翡翠城越远，人口也相应减少。到了和沙漠接壤的边缘，基本上已经荒无人烟了。奥兹国的人们除了南方格琳达所在领地的部落（多萝茜常到那里探险），对其他的边远部落基本上都是一无所知。其中最陌生的就是吉利金领地。很多奇怪的部落都分布在那里的山川河流中。奥兹玛此次前往的正是吉利金领地最远的部落。

启程后，奥兹玛对多萝茜说道："我感到无比惭愧，虽然我是这个国家的女王，却没做到对这里了解得更多一些。属于奥兹国的每个部落以及每一个偏僻部落的人民，我都有责任去熟悉了解。我久居在皇宫里，制定了一条又一条法律，造福于翡翠城周边的子民。但是像这样的长途旅行实在是难得的机会。"

"是的，我们这次出行或许会有不一样的收获。不管我们即将面临什么危险，至少我们可以充分了解斯基泽人和平顶头人的情况。时间这东西在奥兹国并不重要。在这里，我们不会长大或者衰老，也不会生病或者死亡。我们每次去一个地方历险，日积月累，慢慢地就可以了解奥兹国的全部角落了。"多萝茜说。

多萝茜腰上系着矮子精国王的魔法腰带，手指上还戴着格琳达送她的魔法戒指。这些都可以保护她不受到伤害。奥兹玛是仙女，施魔法时不用像其他魔法师那样用什么化学制剂、药剂或者魔法工具。因此她只带了一根小小的魔杖做武器，进可攻退可守，就放在衣服里靠近胸口的地方，非常便捷实用。

她们启程的时候，太阳刚刚升起。锯木马拉着红马车一路向北飞驰着。几个小时后，人烟越来越稀少，前进的方向已经没有路了，锯木马的速度慢了下来。他们穿过田野树林，越过小溪河流，最后在一个宽阔的山坡前停了下来。山坡上长满了茂密的灌木丛，马车根本过不去。

奥兹玛说："你和我自己过去，衣服都可能被剐破。看来只能把锯木马和红马车留下，等我们回来时再取了。"

"哦！看起来确实得如此，正好我坐车也坐得有些累了。奥兹玛，你觉得我们离斯基泽更近些了吗？"多萝茜赞同地说。

"亲爱的多萝茜，我不敢肯定。不过我知道至少方向是正确的。相信我

们很快就能找到那里。"

两个小姑娘的个子本来就不高大，郁郁葱葱的灌木丛长得像小树林似的，和她们的个子差不多高。她们费力地拨开树枝，不断摸索着前行。

多萝茜越走越害怕，害怕会迷路。这时，她们被一张看起来像巨大蜘蛛网的奇怪东西挡住了路。这张网非常大，能织成这张网的蜘蛛估计身形也非常庞大。网的边缘紧紧绑在灌木丛上，向左右延伸着，左边半圆，右边半圆。网呈现出鲜艳的紫色，编织成的图案非常漂亮。整个网像柔软的栅栏，从地上一直编织到她们头顶高高的树枝上，阻挡了她们前进的脚步。

"看起来这张网并不怎么结实，要是我们飞快地冲过去，会不会成功穿过去呢？"多萝茜说完试着冲了几次，但是无论她怎么使劲儿，那张网连一根丝都没冲断。这网实际上比外表看着要结实许多。

奥兹玛果断决定："我觉得我们不妨回头，设法绕过这张奇怪的网。"

她们沿着网往右一直走，结果发现这张网就好像是一个完整的圆。很快奥兹玛就发现，无论她们怎么走，结果都会重新回到出发的地方。

"这不是你刚才丢的那条手帕吗？"奥兹玛对多萝茜说道。

多萝茜大惊失色地叫起来："哎呀，怎么办？看起来在我们走进这个圈套之后，这张网在我们的背后织了起来。"

"你说得没错，估计是有敌人想把我们困在这里。"奥兹玛说。

多萝茜说："事实确实如此，不知道到底是什么人要这么做。"

"毋庸置疑，这是一张由很多巨型蜘蛛织成的蜘蛛网。"奥兹玛肯定地说道。

"你很有见解啊！"一个尖锐的声音突然从她们的身后传来。

奥兹玛和多萝茜赶紧转过身，只见两米外的地方坐着一只紫色的大蜘蛛，眼睛里闪着精光，紧紧地注视着她们。

然后，灌木丛里窸窸窣窣地爬出了十几只同样的蜘蛛，他们在第一只蜘蛛面前躬下身子行礼，说道："启禀陛下，网已经织好了，这两个陌生人逃不出我们的手掌心。"

这些蜘蛛脑袋很大，眼睛小小的，爪子尖尖的，身子是紫色的，上面还长满了恶心的茸毛。

多萝茜无比厌恶这些丑陋的蜘蛛。她小声地对奥兹玛说："我们要怎么办？这些家伙看起来真恶心，一看就不是好东西。"

奥兹玛表情很严肃地看着这些蜘蛛，问道："你们为什么把我们关在这里？"

蜘蛛首领说："我的部下们不喜欢干那些打扫、洗碗的活儿，我们需要找几个女佣来帮我们做家务。因此我们就决定抓住来到这里的陌生人，服侍我们。"

奥兹玛抬着高贵的头，说道："我是奥兹国的统治者，奥兹玛公主。"

蜘蛛首领淡淡地说："哦，我是蜘蛛大王，现在也是你们的主人。你们乖乖地跟我回我的王宫去，我会尽快安排你们干活的。"

"我才不去呢，我们决不会和你们交往。"多萝茜很生气地说。

"哼，那我可就不客气了。"蜘蛛气哼哼地说道，伸出尖尖的爪子朝多萝茜扑了过去，想用爪子刺伤她。好在多萝茜有魔法腰带保护，大蜘蛛根本就碰不到她。多萝茜也安然无恙。

他转身又朝奥兹玛扑过去，只见奥兹玛举起魔杖，大蜘蛛像被什么刺到了似的，快速地后退。

"你瞧，你并不能把我们怎么样，所以还是让我们离开这里比较好。"多萝茜得意地说。

蜘蛛首领气急败坏地吼道："我眼睛不瞎，你们比我厉害又如何。没有我的帮助，你们永远冲不破这张网。你们可以试一试，如果能冲破我的部下织的这张魔法网，你们就可以自由地离开。如果冲不破，那就怪你们命不好，你们就等着饿死在这里吧！"话说完，蜘蛛首领发出一声奇怪的尖叫，所有的蜘蛛一下子都消失得无影无踪了。

奥兹玛叹息道："唉！我就是做梦也想不到，在我的仙境中居然有这样奇怪的魔法。现在连这些奇怪的蜘蛛都来捉弄我了。它们并不遵守我颁布的法律。"

"现在先别想这个了，我们还是想法子从这张网里逃出去为好。"多萝茜说。

奥兹玛和多萝茜仔细观察了一番这张网，惊讶地发现这张网的丝虽然很细，就连最细的丝线都比不上它，但是却异常结实牢固。无论她们如何冲撞都破坏不了它，把整个身子压上去也无济于事。

"我们需要工具来割断这些丝线。现在赶紧看看能找到什么工具吧！"奥兹玛思索着说。

她们在灌木丛里到处寻觅，来到一个浅浅的水池边，那里有一个泉眼正汩汩地冒出泉水。多萝茜觉得有些口渴，就俯下身子捧水喝。这时候，她在水池边发现了一只手掌大小的绿螃蟹。螃蟹的钳子很锋利，多萝茜眼前一亮，有了一个绝妙的好主意。或许这两只锋利的钳子可以帮她们摆脱眼前的困境。

"嗨！你能出来一下吗？我想和你说句话，好吗？"她冲螃蟹打招呼说。

螃蟹慵懒地趴在岩石上，慢悠悠地浮出水面，伸出头来，很不高兴地说："干吗？有事吗？"

"我们想借你的钳子一用，来割断那些紫色蜘蛛织的网，这样我们就可以离开这里了。你一定可以做到的，是吧？"多萝茜央求道。

"割断是没什么问题，不过要我帮助你们，我能有什么好处呢？"螃蟹漫不经心地说道。

奥兹玛问："那你想得到什么好处呢？"

"我不想总是一成不变的绿色，想变成白色的螃蟹。绿色太普通了，白色的螃蟹多稀有。就连那些横行霸道的紫色蜘蛛也怕白螃蟹。我帮你们割断蜘蛛网，你们把我变成白色的，这个交易怎么样？"

"就这样说定了，这对我来说很简单。为了让你相信我的诚意，我可以先满足你的要求，帮你改变颜色。"奥兹玛答应道。

奥兹玛在水池上挥舞了一下魔杖，只见除了黑色的眼睛，绿螃蟹通体都变成了白色的。螃蟹看着水里自己的倒影，高兴得蹿出了水池。它慢腾腾地向蜘蛛网爬去，慢得多萝茜都不耐烦了。

"我的天啊，照这个速度爬过去的话，我们得等到猴年马月啊！"多萝茜说完一把抓起螃蟹，飞快地跑到了蜘蛛网旁边。她高高举着螃蟹，锋利的钳子一下子就把蜘蛛网夹断了。

就这样，螃蟹把蜘蛛网割出了一个大洞，可以让奥兹玛和多萝茜轻松通过。多萝茜迅速把螃蟹送回了水池，快步追上奥兹玛，穿过了蜘蛛网。就在这时，有几只紫色蜘蛛已经爬了出来，发现蜘蛛网已经被割断了。如果她们动作稍微慢一点儿，那些蜘蛛就会迅速把网补好，那样的话她们可就又要遭殃了。

那些大蜘蛛气急败坏地吐出好多蛛丝，想把她们缠住。奥兹玛和多萝茜使出浑身的力气向前跑去，终于摆脱了他们的纠缠，逃到了山顶上。

第三章

迷雾仙女

奥兹玛和多萝茜站在山顶上眺望着远处的山谷，只见一切都笼罩在朦胧翻涌的灰色雾气中。山谷里除了那些如浪花翻滚的迷雾，什么也看不到。只是能隐约看到远处的一座小山，那里绿草茵茵，清新美丽。

多萝茜说："哎呀！亲爱的奥兹玛，我们现在应该怎么办？如果我们下山走进迷雾里，没准儿会迷路。或许我们可以等一等，等到雾气散了再出发。"

"我估计这雾气很难消散开，等多长时间也无济于事。我们不如勇敢一

些，冒险走进迷雾中试试。"奥兹玛沉思了片刻，决定道。

"可是我们不知道应该往哪里走，甚至不知道脚应该往哪里放。我只要想到迷雾里可能会出现恐怖的东西，身上的汗毛都要竖起来了。"多萝茜搓着胳膊，紧张地说。

奥兹玛凝视着不断涌动着的灰色迷雾，犹豫了一会儿，说："这里常年都聚集着潮湿的云气，应该就是迷雾谷。那些迷雾就连耀眼的阳光都无法驱散。迷雾仙女应该就住在这里，她们应该可以听到我的召唤。"

奥兹玛说完就把手圈成喇叭状，嘴里发出清脆悦耳的声音，类似鸟的叫声。声音穿过层层迷雾，传到很远的地方。很快远处就传来了同样的声音，好像回声一样。

多萝茜好奇极了。她自从来到奥兹仙境，经历了许多神奇的事件，也见识到了很多千奇百怪的奇观，这次是一次全新的体验。日常生活中的奥兹玛和生活中我们遇到的普通小姑娘一样，就是一个单纯、乐观、可爱的姑娘，不过关键时刻她的威严还是会显现出来。比如当她端坐在王宫的宝座上，对大臣们下达命令时；又比如说当多萝茜和众人围绕着她，看她施展魔法时，那种威严是渗透在骨子里的。

奥兹玛静静地等待着，很快从翻涌的迷雾中走出了一个个美丽的仙女。她们穿着灰色的长裙，头发的颜色也和迷雾的颜色很接近。只有从白皙的脸庞和手臂上，可以看出她们是活生生的真人、美丽的仙女。她们响应着另一位仙女伙伴的召唤。

和海里的仙女一样，迷雾仙女们生活在雾气中。她们疑惑地看着山顶上的两位姑娘。其中一位仙女走到了奥兹玛跟前。

"我是奥兹国的奥兹玛公主，这是我的朋友多萝茜公主。你能帮我们到达对面的山上吗？我们不敢走进迷雾里。"奥兹玛语气和缓地说道。

迷雾仙女们走到一旁，友好地向她们伸出了手臂。奥兹玛坦然迎上去，让她们拥抱着她。多萝茜也鼓起勇气走了上去。迷雾仙女们把她俩轻轻地托起来，踏着迷雾迅速朝对面的山飘过去。多萝茜觉得她们的手臂好像不是真的手臂，湿湿凉凉的。一眨眼的功夫，奥兹玛和多萝茜惊奇地发现自己已经站在了对面的山上，脚下是青青的草地。

"真是非常谢谢你们！"奥兹玛和多萝茜真诚地感谢她们。

迷雾仙女们没有说话，只是微笑着朝她们挥手告别，一转眼又飘进了迷雾中，消失了踪迹。

第四章

魔法帐篷

"哈哈，这好像比我想的要简单很多。做一个仙女看来还是不错的。不过我可不喜欢做那样的仙女，一直待在可怕的迷雾里面。"多萝茜高兴地说。

奥兹玛和多萝茜爬上了山谷，只见映入眼帘的是广袤辽阔的平原，有方圆好几英里①。茵茵草地上盛开着色彩斑斓的野花，葱葱灌木上结着丰硕美味的果子。高大繁茂的大树随处可见，景色非常迷人。但是这里连一个人影儿都没有。

平原的另一边生长着很多棕榈树，棕榈树的前面有一座很奇怪的小山包，被平原衬托得异常高大。小山包

① 英美制长度单位。1英里约为1.6公里。

呈方形，山壁如刀削般陡峭，山顶比较平。

多萝茜尖声叫了起来："哦，天啊，我打赌，那里一定就是平顶头人居住的地方，这和格琳达之前提到的一模一样。"

奥兹玛说："要是那样的话，斯基泽湖应该就在棕榈树的后面。多萝茜，你怎么样？还能走吗？"

"没问题，我可以跟上。唉！如果锯木马和红马车还在的话就好了，现在正是需要它们的时候。胜利就在眼前，这片草地看起来也没什么，我们一鼓作气，坚持到底。"多萝茜坚定地说。

不过现实总是出人意料的，这段路看起来近，走起来远。她们还没走到那座平顶山的时候，夜幕已经降临了。奥兹玛提议先在这里过夜，多萝茜也赞同。她不想告诉她的朋友，其实她已经精疲力竭，两条腿好像被无数针扎似的疼得厉害。

多萝茜以前探险的时候，一定会做好充分的准备，带着许多好吃的食物以及在外旅行必备的一些东西。而和奥兹玛一起出行就不需要这样。因为作为一位伟大的仙女，她那镶嵌着硕大绿宝石的魔杖可以满足她们所有的需求。

此时，奥兹玛和多萝茜停下了脚步，奥兹玛选择了一块平坦的草地，优雅从容地挥舞着魔杖，神秘的咒语从口中流淌出来。只见一个漂亮的紫白色条纹帆布帐篷瞬间出现在她们面前，中间的柱子上还插着奥兹皇家的旗帜，迎风猎猎飞扬着。

奥兹玛拉着多萝茜的手，说道："亲爱的多萝茜，我们赶紧到帐篷里美餐一顿吧！我已经饿得饥肠辘辘了，你也饿坏了吧！"

帐篷里摆着一张两人用的桌子，上面铺着白色

的亚麻桌布，桌子上摆放着亮闪闪的银质餐具和玻璃杯子。桌子中间还摆放着一束美丽娇艳的玫瑰花，各种美味佳肴散发着诱人的香气，等着她们去品尝。帐篷的两边还摆着两张舒适的床，床单是美丽的绸缎，毯子是柔软的天鹅绒，还有柔软的枕头。此外，帐篷里还有椅子，头顶上有一盏漂亮的灯，柔和的光笼罩着整个帐篷，温馨极了。

多萝茜坐在桌子边的椅子上，心情无比愉悦地品尝着美食，心里不禁感叹魔法的神奇。成为仙女的人，知道大自然的秘密，再学会掌控大自然的咒语和仪式，只需要轻轻挥舞一下魔杖，就可以轻松得到普通人辛苦劳动才能换来的东西。单纯善良的多萝茜心里不禁希望，如果所有的人都成为拥有魔法棒的神仙的话，就可以毫不费力地满足自己的一切需求。原来干活劳作的时间都可以用来玩耍享乐。

奥兹玛静静地看着多萝茜，知道她心里正在想什么，笑着对她说："多萝茜，那不可以哦！如果真的按照你的期望，人们不仅不会感到幸福，还会觉得无所事事，生活会变得毫无意义。如果只需要挥动魔杖就可以达到愿望，人们还追求什么呢？不努力劳动，克服困难，人们还怎么享受成功的快乐呢？世界上没什么事情可做的话，我们都不会觉得快乐。我们存在的意义，是帮助那些不幸的人们。"

"亲爱的奥兹玛，难道你不幸福吗？你不是仙女吗？"多萝茜疑惑地问。

"我当然幸福啊！我用仙术让别人幸福，那样我也会觉得幸福。假如没有国家需要我掌管治理，没有子民需要我守护照顾，我会觉得空虚的。再说，我虽然是奥兹国里魔法最厉害的仙女，但是还是比不上格琳达。她修习的魔法门类众多，其中许多魔法我都闻所未闻。有些魔法小个子魔法师会，我却不会。同样道理，我会的魔法小个子魔法师也并不一定会。我的魔法不是巫术和法术，只是简单的仙术。这些都说明，我并不是全能的。"

多萝茜喜滋滋地说："总而言之，你能变出帐篷、晚饭和床，我就很高兴！"

"这种魔法很神奇吧！"奥兹玛也笑了起来，"并不是所有仙女都会这个，有些仙女的魔法同样神奇得让人吃惊。因此，我觉得我们要学会谦虚不骄傲。我们的魔法相互制约着，每个人会的都不一样。我为自己不是全能的而高兴。亲爱的多萝茜，你要明白，很多大自然的奥秘和人类的智慧，都使我惊讶无比。"

多萝茜并没有接话，因为她迷迷糊糊的，没怎么听明白。吃完饭后，桌子和上面的东西瞬间消失了。这又让多萝茜惊讶不已。

"奥兹玛，都不用洗盘子吗？如果人们学会了这个魔法，那可美极了！"她兴高采烈地说。

奥兹玛给多萝茜讲了一个小时的故事，讲到了各种各样的人。要睡觉休息了，她们脱了衣服，躺在舒适的床上，片刻就进入了甜美的梦乡。

第五章

魔 梯

朝阳冉冉升起，照亮了远处的平顶山，平顶山仿佛近在眼前。但是多萝茜和奥兹玛却知道，前面的路途还很遥远。她们穿好衣服，美味的早餐已经出现在眼前。吃完早餐，她们继续向平顶山跋涉前行。走出去不远，当多萝茜回头看的时候，那个神奇的帐篷已经消失不见了。她并没怎么惊讶，因为和预料的一样。

多萝茜问："亲爱的奥兹玛，你可以施魔法变出一匹马和马车来吗？汽车也行！"

"哦，亲爱的，很抱歉，我无法办到，我的魔法没那么厉害。"奥兹玛老实承认说。

"格琳达在的话，或许可以。"多萝茜小声地说道。

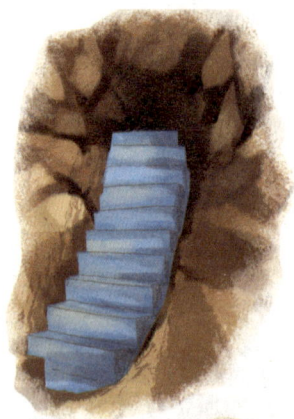

"格琳达有一辆可以在空中飞行的车，由飞鸟拉着。不过，就算她那么厉害，也没办法变出其他的出行工具。正如我昨晚所说，任何人都不是全能的。"奥兹玛说。

"我明白，毕竟我在奥兹国也生活了这么长时间了。我什么魔法都不会，因此也想象不出来，你、格琳达以及小个子魔法师具体是怎么办到的。"多萝茜恳切地说。

奥兹玛笑着又说："多萝茜，不要想太多，其实你也拥有一种魔法——可以赢得别人的心的魔法。"

"哦，我并不会什么魔法，即使我真的可以做到这一点，事实上我也不知道自己是怎么做到的。"多萝茜很认真地说。

她们用了两个小时才走到了平顶山下。眼前的平顶山壁好像房子的墙壁似的，异常笔直陡峭。

"哎呀，就算带来我的粉红猫，估计也很难爬上去。"多萝茜仰着头惊叹地感慨着。

奥兹玛说："平顶头人应该知道怎么上下山，否则见面和吵架都是个问题，他们如何和斯基泽人面对面打仗呢？"

"你说得没错，我们绕着山走一圈看看，或许可以找到梯子之类的东西。"

于是，她们开始绕着山走啊走啊，当走到面对棕榈树的一边时，发现山壁上有一个一人高的入口。入口很浅，里面有石头做的梯子。

"你瞧，我们找到上山的路了。"奥兹玛说完带着多萝茜向入口走去。

忽然，她们好像被什么东西绊了一下，然后就发现前面好像有什么东西阻挡着，使她们无法前行了。

多萝茜的鼻子刚才好像被什么无形的东西碰了一下，她用手摸着鼻子，大声叫道："哎呀，我的老天爷，想要上个山还真是难啊！奥兹玛，你知道是什么阻止了我们的脚步吗？是不是某种魔法？"

奥兹玛也伸手向前摸着，回答说："是的，的确是魔法！平顶头人需要一条路从山上下来，通往平原。但是他们还得防范外人从梯子爬上去攻击他们。所以他们在离入口不远处，设置了一堵水泥做的石头墙，再施魔法把石头墙隐形起来。"

"他们为什么要这样做？作为阻挡人们上山的石墙，看不看得见，都没什么区别啊。隐形起来有什么意义呢？我觉得还不如不隐形，把后面的入口处挡住比较好。像现在这样，无论什么人来了都可以看到入口。那些想沿着梯子上山的人都会碰到石墙上，就像我们似的。"

奥兹玛静静思索着没有说话。

过了一会儿，她开口说："或许我知道他们为什么一定要把石头墙变成隐形的了。石梯是平顶头人上下山的必经之路。如果石头墙挡在入口，他们就无法下山了。那样他们就得开辟出另外一条路绕过石头墙。石头墙如果可以看见，外人或者敌人就都可以设法绕过石墙。那这堵石墙也就失去了它的意义。聪明的平顶头人把石头墙隐形起来。无论什么人来了，都会和我们一样，看到入口径直走去，然后被撞得目瞪口呆，傻傻地不知道如何是好。我估计这堵石头墙一定非常高，也非常厚。不要妄想推倒或者凿穿它。那些撞到石头墙上的人别无选择，只能回头离开这里，放弃登山。"

"那么按照你说的，一定有一条可以绕过这堵石头墙的路，可是路在哪里呢？"多萝茜说。

"我们一定可以找到路的！"奥兹玛边说边沿着石墙摸索着。多萝茜紧紧地跟在她后面，走了大约四分之一英里，可是还是没有路的踪影。多萝茜觉得很沮丧。

就在这时候，隐形石头墙忽然向山的边缘拐去，在石头墙和平顶山的中间，出现了一个只可一人通过的狭小的缝隙。

奥兹玛和多萝茜先后从缝隙钻了过去，通过了障碍，然后一路畅通地返回到入口处。

"奥兹玛，我估计绝大部分人都不会想到这个方法。要是就我自己来到这里的话，我一定会被隐形墙挡回去的。"多萝茜无比崇拜地说。

走到入口处，她们沿着石梯向上攀登，顺着一条山壁中开辟出的小路

前行。石梯只有两人宽，奥兹玛和多萝茜并肩而行，向上走了十级梯子，又向下走了五级梯子。在五级梯子的底部，小路向右边转去，她们接着转到向上的十级梯子，爬上去后又向下走了五级梯子。小路又一次向左边转去，眼前又出现了向上的十级梯子。

此时她们已经走到了山的里面，曲里拐弯的小路上光线昏暗，已经看不到太阳光了。奥兹玛掏出魔杖，魔杖顶端的绿色宝石发出明亮的光芒，照亮了眼前弯曲的小路。

她们就这样一会儿向上一会儿向下，一会儿左拐一会儿右拐地走着。多萝茜觉得这样向上一下，向下一下，她们每次其实只向上走了五级的距离。

"这些平顶头人可真有意思，一点儿也不直截了当，弯弯绕绕太多。他们把路修成这样，至少增加了两倍的路程。对他们自己来说，也是一件累人的事情。"多萝茜嘀咕道。

奥兹玛说："的确如此，不过这种做法可以有效阻止外敌入侵，这也正是他们的聪明之处。我们每走到一段梯子的第十级时，山顶上对应的一个铃铛就会响起来示警。"

"你怎么知道？"多萝茜吃惊地问。

"我听到了铃声，就在我们刚上山的时候。你肯定无法听到。当我手握魔杖时，就可以听到遥远地方的声音。"

多萝茜又问："那除了听到铃声，你还听到山顶上有什么其他的声音吗？"

"当然，有很多脚步声向山顶上我们要到达的地方聚拢，还有人们如临大敌的叫喊声。"

多萝茜听着有些紧张，说道："我一直以为我们要去看的是些普通人。没想到他们不仅聪明，而且还会使用魔法。我估计他们不怎么好相处，我们还不如在家里待着不出来走这一趟呢！"

最后，多萝茜和奥兹玛看到了太阳的光亮，昏暗曲折的路程终于要结束了。奥兹玛收回了自己的魔杖，放回到衣服里靠近胸口的地方。她们登上最后十级梯子，来到了山顶上。一群奇怪的人立刻把她们围了起来。奥兹玛和多萝茜目瞪口呆地看着四周的人，惊讶得连话都说不出来了。

多萝茜恍然明白，这些人为什么叫平顶头人了。因为他们的头顶真的是平的。眼睛和耳朵上面好像被齐齐砍掉一样。他们的头顶秃秃的，没有头发，耳朵很大，鼻子小而扁平，嘴和普通人一样。五官里眼睛可能是长得最漂亮的，呈现出紫罗兰的亮丽颜色，大而明亮。

他们的衣服是用山上开采的金属制成的。金的、银的、锡的、铁的圆片，做成硬币大小，串在一起，做成裤子、夹克、裙子、背心，供男女穿着。镶嵌在一起的金属圆片颜色缤纷，图案多样，非常漂亮，让多萝茜不由想到了古代骑士的瑰丽铠甲。

他们不戴帽子，也没有什么配饰。除了平顶头，其他还算看得过去，不是很丑。这些人手里拿着弓箭，腰里还别着锋利的斧头。

第六章

平顶山

平顶头人看到上山的是两个姑娘，心安了许多。他们向后退去，以便让她们可以看清楚山顶的模样。山顶就像一个大大的圆盘子，中间凹陷下去，因此人们站在山下的平原上，根本看不到山上的房屋建筑。这里的房屋都是用坚硬的岩石建成的。

此时，一个胖子凑到奥兹玛和多萝茜的跟前，扯着大嗓门说道："你们为什么到这里来？难道是斯基泽人的间谍吗？"

"我是奥兹玛公主，奥兹国的统治者。"奥兹玛回答道。

"我从没听过奥兹国，你既然那么说，就当是吧！"

"这里就是奥兹国的属地。奥兹玛公主不仅统治奥兹国其他的地方，就连你们也是她的子民，理应受到她的统治。"多

萝茜说。

那个平顶头人哈哈大笑起来，其他人也笑得上气不接下气，前仰后合。

有人嚷嚷道："我说，伙计们！真是太可笑了！她可千万别当着我们大王的面说这些傻话！"

周围的人附和道："是的，千万不能这么说，真是蠢死了！"

"你们的大王是谁？"奥兹玛问道。

"我觉得让他自己来告诉你更好！你们的到来已经触犯了我们的法律，因此无论你们从哪里来，到底是什么人，大王都会惩罚你们。现在跟我来吧！"第一个说话的人说完就在前面带路走了。

奥兹玛和多萝茜跟随着他的脚步，沿着一条小路不断走着，去面见这里的首领。

路边的房子修建得很漂亮，有独立的小院，里面种满了美丽的鲜花和新鲜的蔬菜。房子与房子之间用岩石墙间隔开来，中间互通的小路铺着平整的岩石板。岩石估计是这里唯一的建筑材料，人们凭借自己的智慧，有效地利用着岩石。

在大盘子的中心位置，矗立着一栋高大的房子。带路的人告诉她们，那里就是大王的宫殿。他带着她们穿过门厅，来到一个宽阔的大厅里，在石头椅子上坐了下来，等着大王前来召见。

不久，从另一个房间里走进来一个年迈、精瘦的平顶头人。穿着和这里的人们没什么差别，除了看起来更加精明狡猾一些。他眯缝着眼睛打量着眼前两位美丽的姑娘。

"你是这里的大王吗？"奥兹玛开口问道。

"没错，是我！在这里我说的话就是法律，我是这里的统治者。"他搓了搓双手，说道。

"我是奥兹玛公主，从翡翠城来……"

"等一下！"大王打断她的话，回头冲带路的人说道，"费罗小首领，你先出去吧！好好地看守梯子。这两个陌生人交给我就行了。"

带路的人向平顶头大王行了礼，转身退了出去。

"他也是首领吗？"多萝茜疑惑地问道。

"是的，这里每个人都是首领，管理着一个部门。他们都很满意目前的这种状态。不过我是最大的首领，管理着这里的一切。我们每年都会重新选举。这里讲究民主，每个人都可以选择自己支持的大王。想当大王的人有很多，不过法律是我制定的，每次统计选票的也是我，因此每次最后都是我当选。"

"还没请教你的姓名？"奥兹玛问。

"我叫苏迪克，就是'大王'的缩写。你说你是奥兹玛，从翡翠城来，我已经知道你是谁了。所以我让闲杂人等都出去了。我估计在平顶头人中，除了我之外，没人听说过你。我还是比他们要有脑子，聪明了许多。"

多萝茜茫然地看着苏迪克，问道："我不知道，你居然会有脑子，看起来你的头部没有装脑子的地方啊？"

"我不会责怪你的无礼。以前的平顶头人确实是没脑子，他们的头部没有装脑子的地方。不过在很久之前，有一群仙女曾经路过这里。她们把这里变成了仙境，发现这里的人们都蠢笨无脑后，就送给了每人一个装有脑子的铁罐子，就装在自己的口袋里。于是，我们就和其他人一样聪明了。你们看，这就是仙女送给我们的铁罐子。"

他说着从口袋里掏出了一个磨得锃亮的铁罐子，上面还贴着一个硕大醒目的红色标签，写着：平顶头人浓缩特级脑子。

"每个平顶头人的脑子都一样吗？"多萝茜好奇地问。

"是的，都是一样的，我这儿还有一罐。"他从另一个口袋里又掏出一个铁罐子。

多萝茜问："仙女给了你两个吗？"

"哦，不！有一个平顶头人想当大王，妄图造反。作为惩罚，我没收了他的脑子。又有一次，我的妻子和我无理取闹，对我厉声说话，我同样没收了她的脑子。她就跑出去抢了别人的脑子。后来，我制定了一条法律，规定无论是什么人，偷了别人的脑子，或者借用别人的脑子，苏迪克都有权没收当事人的脑子。如此这般，大家都很满足拥有一个脑子。在平顶山上，只有我和我的妻子，拥有多于一罐的脑子。我有三个脑子，是个顶聪明的人。毫不谦虚地说，我是一个优秀的魔法师。我的妻子有四个脑子，她是能力出众的女巫。但是，她被那些可恶的邪恶的斯基泽人变成了一头金猪。"

多萝茜惊讶地叫道："哎呀！我的天，她真的变成了一头金猪吗？"

"千真万确，我就是因此向斯基泽人宣战的。我要为我的妻子报仇，摧毁他们的魔法岛，让他们臣服于我，成为我们平顶头人的奴隶。"苏迪克的眼里闪烁着凶狠的光芒，气势汹汹地大声叫嚷道。

奥兹玛语气平和、温柔地说："我为你的遭遇感到难过，你可以再详细说一下你和斯基泽人是如何产生矛盾的吗？或许我可以帮你做些什么。"她虽然是个小姑娘，但是无形中还是散发出一种使人信服的威严。

"你如果真是奥兹国的奥兹玛公主，一定也是那群罗兰仙女王后率领的仙女中的一员，是她们将奥兹变成仙境的。我曾经听说，罗兰王后留下了一位仙女统治奥兹，为那位仙女取名奥兹玛。"

"这些事情你既然都知道，为什么不来翡翠城向我报备，臣服于我呢？"

奥兹玛问。

那个平顶头人低着头，不敢正视奥兹玛的眼睛，辩解道："我也是最近才知道的，我太忙了，腾不出时间离开这里。"

奥兹玛知道他在撒谎，不过并没有揭穿他，继续问道："你和斯基泽人有什么解决不了的矛盾呢？"

苏迪克听到换了话题，立马抬起头来说："我们平顶头人喜欢吃鱼，但是山上没有鱼，我们就去斯基泽湖捕鱼。而斯基泽人说湖里的鱼都是他们的，不让我们去捕鱼。你给评评理，他们是不是蛮不讲理。我并不把他们的命令当回事儿，于是他们在湖边安排士兵守卫，严防我们去捕鱼。我也提到，我的妻子罗拉是一个拥有四个脑子的出色的女巫。鱼可以补脑，她最喜欢吃鱼。因此她发誓，如果斯基泽人不让我们到斯基泽湖里任意捕鱼，她就会把湖里的鱼全部杀死。于是，在一个夜晚，罗拉带着一桶毒药，打算倒进湖里把鱼都毒死。我的妻子真是太聪明了，可是万万没想到斯基泽的女王库伊欧就藏在湖岸边。她趁罗拉不注意，把她抓住了，还把她变成了一头金猪。可怜的罗拉，毒药洒在了地上，自己也变成了金猪。可恶的库伊欧女王居然还把她的四罐脑子都给抢走了。现在的罗拉就是一头愚蠢

的笨猪。没有了脑子，她连自己叫什么名字都不知道。”

奥兹玛想了想，说："看来斯基泽女王是一个女巫。"

"没错，不过她的魔法很一般，比不过罗拉，更赶不上我的一半。一旦我们正式交手，她就知道我的厉害了。"苏迪克自信地说。

多萝茜插话说："那头金猪估计永远也变不回女巫了吧！"

"是的，我可怜的妻子罗拉，即使库伊欧把她的四罐脑子还给她，就看她那蠢猪模样，也不能施展巫术了。蠢猪只有分趾蹄，而女巫需要手指来施展巫术。"

"她的遭遇听起来确实很可怜，其实所有的纷争都源于平顶头人想得到不属于他们的鱼。"奥兹玛总结道。

苏迪克愤怒地叫嚷道："你怎么能这么说？我制定的法律明确规定我们的人可以自由到斯基泽湖里捕鱼。之所以有矛盾，还是那些斯基泽人不尊重我的法律。"

奥兹玛严厉地反驳他，说："奥兹国只有我可以制定所有人都遵守的法律，而你只能制定统治自己人的法律。"

"你可别指望让我服从你的法律，奥兹玛公主，你有几斤几两，我很清楚。我可比你厉害许多。我会把你和你的小朋友关押在山上，等我们和斯基泽人的战争胜利之后，再放你们回家。不过，你们最好老实一点儿，乖乖待着别惹什么麻烦。"苏迪克陡然变了脸色威胁道。

"现在你已经失去理智了，我不会和你一般见识。我从翡翠城来到这里，就是为了阻止你们和斯基泽人的战争，让你们握手言和的。我并不赞同库伊欧女王将你的妻子变成金猪这件事，同样也不赞同罗拉想毒死斯基泽湖里的鱼的做法。在我的统治下，无论什么人没有我的允许，都不可以使用魔法。我的法律必须服从，而你们都违反了我的法律。"奥兹玛说道。

苏迪克说："你想让我们恢复和平，就必须要让斯基泽人把我的妻子变回原样，还要把她的脑子还给她。此外，还得让他们同意我们捕鱼的要求。"

奥兹玛拒绝道："这根本不公平，我绝对不可能那么做。我会把你的妻子恢复原样，还给她一罐脑子，其他三罐还给原来的人。你们不可以到斯基泽人的湖里捕鱼，那里是他们的领地。如此才是公平公正的解决方法，你们都必须遵守。"

苏迪克尖声叫着："真是天方夜谭，绝不可能！"

就在此时，一头金光灿灿的猪从外面闯了进来，它的身体是纯金的，眼睛是艳丽的红宝石，牙齿是洁白的象牙。它的脖子、下巴和关节弯曲处都由卯榫连接，嘴里还一直哼哼着。

"你们睁大眼睛看看吧！这就是库伊欧女王的杰作，难道你们还觉得可以阻止我开战吗？这个不停哼哼的畜生就是我的妻子，她本来是平顶山上最漂亮最聪明的女巫。你们瞧瞧她现在的蠢模样。"苏迪克痛苦地说。

金猪一直在哼哼着："攻打斯基泽人！攻打斯基泽人！攻打斯基泽人！"

"我一定会和斯基泽人打一仗，即使来了一打奥兹玛，我也不会改变我的主意。"苏迪克大声吼道。

奥兹玛语气坚决地说："我决不可能让你开战，只要我可以阻止。"

"你做不到！我会把你们关进牢房，一直等到战争结束。因为你居然敢威胁我。"苏迪克说完，吹了一声口哨。只见从外面走进来四个手拿武器的平顶头人。他命令那几个人说："把这两个小姑娘用金属绳索绑起来，关押到铜牢房里。"

四个人向他鞠了一躬，其中一个问："尊敬的苏迪克，您说的两个姑娘在哪里？"

苏迪克转过脸朝奥兹玛和多萝茜所在的地方看了一眼，发现她们已经消失得无影无踪了。

第七章

魔法岛

奥兹玛清楚地知道和这个平顶头大王讲道理是白费口舌，于是她一直在琢磨怎样摆脱平顶头大王的法术。奥兹玛明白，他的法术很难对付，只能找机会逃跑。就在他威胁奥兹玛说要把多萝茜和她一起关进铜牢房的时候，奥兹玛很自然地把一只手伸进胸口，抓住了魔法棒，另一只手抓住多萝茜，趁着苏迪克和士兵不注意的时候立即施法，把多萝茜和自己都变成了透明的隐形人。

她拉着多萝茜绕开士兵，飞快地跑出了房间，来到了出口处，沿着石

梯向山下走。奥兹玛小声地对多萝茜说道："亲爱的多萝茜，我们快点离开这里，我们现在是隐身的，没有人能看到我们。"

多萝茜听罢点了点头，她很擅长跑步。刚刚在上来的时候，奥兹玛早就沿路做好了记号，知道通往平原的石梯路线，所以她们直接朝路线的方向去了。这一路上她们遇到了一些士兵，因为有隐身术掩护，轻松地躲避开了他们。有两个平顶头人听到了她们的脚步声从身边经过，但并没有看到她们的身影，一脸茫然地环顾着四周，根本没有阻拦她们。

苏迪克发现奥兹玛和多萝茜不见了，立即下令追捕她们。苏迪克带着他的手下追得特别快，奥兹玛和多萝茜两个人还没到梯子那里，苏迪克就追了上来。就在这时，那头蠢笨的金猪突然窜了出来，把苏迪克绊倒在地上，和后面的士兵摔在一起，现场乱成了一团。等他们爬起来准备继续追击奥兹玛的时候，才发现她们已经逃得很远了。

石梯的两边都有警卫把守，可他们根本看不到隐形的奥兹玛和多萝茜。她们飞快地穿过警卫身边，跑下了梯子。然后又像上山一样，爬上五级梯子，再下十级的梯子，又上五级的梯子，再下十级的梯子，来来回回就这样朝着山下走。奥兹玛的魔法棒发出耀眼的光，照亮了下山的路，她们顾不得休息，一口气跑下了山。接着她们跑到右边，绕过了隐形的石墙。这个时候苏迪克和他的手下已经追出了拱形的入口，四处打探，却找不到奥兹玛和多萝茜的踪影。

奥兹玛知道她们已经脱离了危险，于是就让多萝茜坐下来休息一会儿。她们坐在草地上歇息，很久之后才从刚才疯狂的逃跑中缓过劲儿来。

苏迪克知道已经追不到她们了，气急败坏地转身又上了石梯。他气奥兹玛逃跑，更气自己没有抓住她们。因为他精通可以破解隐形术的法术，在奥兹玛逃跑的时候就可以把她们变回原形。那样的话就能很轻松地抓住奥兹玛了，可是他当时并没有想到这些。现在后悔也没用了，他只好决定立即做好战斗准备，把他手下的全部兵马派到山下去与斯基泽人交战。

"接下来我们打算怎么办呢？"多萝茜问奥兹玛。

"我们动身去斯基泽湖。"奥兹玛说道，"根据那个邪恶的苏迪克口中所

说，我能够判断出斯基泽人是善良的，可以做我们的朋友，如果我们能顺利找到他们，就帮助他们打败平顶头人。"

"看样子我们已经没有办法阻止这场战争了。"多萝茜沉思着说道。随后，她们向着那排棕榈树走去。

"对啊，苏迪克已经下定决心要去和斯基泽人交战了，所以我们只能去通知斯基泽人，并且想办法尽可能地帮助他们取得胜利。"

"那是当然，你一定要好好惩罚一下平顶头人！"多萝茜说。

"是的，我觉得要把普通的平顶头人和他们的大王区分开来讲，首先应该怪那个大王。如果废除了大王的法力，不再让他有邪恶的魔法，也许平顶头人会变得很善良，并且尊重奥兹国的法律，以后没有战争的纷扰，就可以和我们和平相处了。"奥兹玛回答道。

"我真心希望如此吧，唉！"多萝茜不安地叹了口气。

平顶山距离那排棕榈树并不太远，两个姑娘没一会儿就走到了。高大的树木排列在一起，最开始这里的树其实有三排，就是为了阻止别人通过这里。但现在平顶头人从这里砍出了一条小路，奥兹玛发现了这条小路，带着多萝茜沿着小路走到了另一边。

她们发现在这排棕榈树后面风景宜人。一片绿色的草坪围绕着一个水域宽阔的湖，差不多有一英里宽。湛蓝透亮的湖面，不时有微风吹过，吹起阵阵涟漪。湖的中央位置是个可爱的小岛，不怎么大，几乎全被外面的一座巨大的圆形建筑覆盖住了。这座建筑全都是玻璃制造的，上面罩着一个大大的玻璃圆顶，在阳光下发出闪闪的光，漂亮极了。在玻璃建筑和岛屿边缘之间没有花草树木生长，只有一大片发亮的白色大理石。湖的两边没有船只，岛上也看不到人影。

多萝茜仔细观察了一会儿小岛，说道："这应该就是我们要找的斯基泽人的地盘了吧！如果我的判断没错的话，斯基泽人应该都在这座玻璃建筑物里，我们得想一个办法过去才行。"

第八章

库伊欧女王

奥兹玛严肃地思考着现在的情形，随后她把手帕绑在魔法棒上，站在湖边的岸上，举起胳膊挥舞着魔法棒上的手帕，想用手帕引起斯基泽人的注意。可惜这个方法并没有立即得到斯基泽人的回应。

"这样有什么用呢？就算是对面的斯基泽人看到我们，不把我们当敌人，可他们也没有船来接我们啊！"多萝茜在一边插嘴说道。

过了一小会儿，姑娘们赫然发现斯基泽人根本不使用船只。突然，宫殿的底部出现一个洞口，洞口伸出一根细长的钢条，不断地向岸边伸去。这根钢条好像是三角形的，它的底部贴近湖水。钢条呈拱形，从宫殿的玻璃墙里

向她们延伸过来，一端搁在湖岸边上，另一端依然留在岛上。

原来这根钢条是一座桥，钢桥虽然狭窄但也足够通过两个人，两边还有细细的护栏围着，都是用钢棍和桥面连接在一起的。这么细窄的桥看起来很不牢固，多萝茜非常担心，怕它承受不了她们的重量。还没来得及犹豫，奥兹玛就立刻催促道："快点走啊！"

说着她俩一边走上了桥，一边用手牢牢抓住两边的护栏。奥兹玛在前，多萝茜紧随其后。奥兹玛刚走了两步就停了下来，多萝茜也跟着停了下来，因为她们发现钢桥自己开始移动了起来，朝着小岛的方向退了回去。

"是桥自己在移动，根本用不着我们自己走。"奥兹玛肯定地说道。

于是她俩站在桥上原地不动，等着钢桥把她们带到岛上去。钢桥把他们带到了那座玻璃建筑覆盖的宫殿里。很快他们就走进了一间大理石的屋子，有两位身穿漂亮衣服的年轻小伙子已经在迎接她们了。

奥兹玛从钢桥上跳到了大理石平台上，多萝茜也紧跟着跳了下来。这时，只听到钢桥"哐当"响了一声，然后就消失不见了。一块大理石盖住了钢桥伸出来的洞口。

两个小伙子向奥兹玛深深地鞠了一躬，其中一个说道："陌生人，库伊欧女王欢迎你们，女王陛下正在皇宫里等候你们。"

"请带路！"奥兹玛威严地回答道。

两个年轻的小伙子并没有像奥兹玛说的那样带路。只见大理石平台自己动了起来，平台开始上升，穿过一个大小刚好吻合的方洞。没一会儿工夫，她们就被带到了这个几乎覆盖整个岛屿的大玻璃圆顶里。

这个大圆顶里就是斯基泽人民生活的小村庄，有房子、公园、马路，还有花圃。房子都是由大理石建造的，外观很华丽，也很漂亮，还有很多镶嵌着彩色玻璃的窗户。马路上井然有序，公园和花圃看起来也很美观，一定有人经常打理它们。公园里除了各种美丽的花朵，还有一个精致的喷泉，公园对面的建筑比其他的建筑还要高大精美。两个小伙子带着奥兹玛和多萝茜朝着那个建筑的方向走去。

马路上，房子的窗户边上到处都站满了男女老少，他们一个个都穿着华丽的衣服，这里的人们和奥兹国其他人一样丰衣足食。但是，这里的人们看起来并不开心幸福。他们既不微笑，神态也不平和，而是一副严肃的样子，甚至有的人忧心忡忡的。他们虽然有漂亮的衣服、华丽的房子和丰盛的食物，但多萝茜一眼就看得出他们的情况并不是很好，一定是遇到了什么难以解决的问题。然而她什么都没说，只是好奇地看着这些斯基泽人。

到了王宫入口处，又有两个小伙子迎接她们，这两个小伙子身穿制服，

手里拿着奇怪的武器。这种武器看起来既不像手枪也不像长枪。它比手枪长，但比长枪短。先前带路的两个小伙子又朝奥兹玛鞠了躬，之后就走开了。接着换成这两个穿着制服的小伙子带她们走进了王宫。

在一间金碧辉煌的觐见室里，斯基泽女王库伊欧就坐在那里，在她的身边簇拥着十几个少男少女。库伊欧女王是个姑娘，年纪比奥兹玛和多萝茜都要大，大约十五六岁的样子。虽然她身上穿的衣服极其华丽，就像要去参加舞会一样，但库伊欧女王本人非常消瘦，相貌也很平庸，算不上漂亮。不过她本人并没有意识到她的外貌平庸，因为她的仪态举止目中无人，自认为美若天仙，自命不凡。多萝茜不喜欢这个傲慢无礼的斯基泽女王，一点儿都不想和她打交道。

女王的头发和眼睛都是乌黑的，而她皮肤却很白。她眉头紧蹙，冷冷地打量着奥兹玛和多萝茜，眼神里充满了怀疑和猜忌，看起来很不友好。

不过她的语气却表现得很平静，她说："因为我向我的魔谕书详细请教过，所以关于你们的身份我已经非常清楚了。它告诉我，你们之中有一个自称奥兹玛公主的，是奥兹国的统治者。还有一个叫多萝茜的公主，是从一个叫堪萨斯的地方来的。不过奥兹国和堪萨斯我都没听说过。"

"你说什么？在我的脚下踩着的就是奥兹国！不管你知道不知道，反正这里也是奥兹国的一部分，这个事实谁都否认不了！"多萝茜叫道。

"哦？那你是不是又想说我眼前的这个奥兹玛也统治着我？"库伊欧女王讥笑地说。

"这还用问吗？本来就是事实啊！"多萝茜大声说道。

库伊欧女王转过头向奥兹玛询问道："你确定是这样的吗？敢不敢公开声明一下？"

这时奥兹玛已经看透了库伊欧女王，这个人眼高于顶，丝毫不懂得尊重别人。她自认为高高在上，谁都不如她高贵。

奥兹玛心平气和地说道："女王陛下，我本没有恶意，也不是要和你吵架，请相信我。对于我是谁，是干什么的，这些都已经成为不容怀疑的事实。我的权力是仙女王后罗兰给的，当初正是我和其他仙女在仙女王后罗

兰的率领下把奥兹国变成仙境的。奥兹国土地辽阔，在每一处不同的土地上都有不同的领地、不同的部落，每个地方都有不同的国王或者皇帝。但是所有地方的所有王者都要听从我的法律，服从我的命令，承认我是奥兹国的最高统治者。"

"别的国王应该都是傻瓜，才会乖乖地听你的话。在这里，我才是至高无上的统治者，你以为我会服从你的命令吗？真的是太天真了！"库伊欧女王冷笑道。

"目前情况紧急，来不及说这些，你的魔法岛正面临着前所未有的危险，有一个强大的敌人正准备攻打这里！"奥兹玛说道。

"哼，那些愚蠢的平顶头人，我才不怕他们。"库伊欧轻蔑地哼了一声。

"他们的大王是一个法力高强的魔法师。"

"那他的法力也远远不如我，让他尽管来吧！你们睁大眼睛等着瞧吧，我会让他们吃不了兜着走的！"

奥兹玛并不喜欢她这种态度，她的意思仿佛在说想迫不及待地和平顶头人打仗。而奥兹玛大老远跑过来就是为了阻止这次战争，希望他们能够和平相处。听到库伊欧女王这样说，她很失望。因为奥兹玛原本一直以为库伊欧女王要比苏迪克善良、正直一些。直到现在，奥兹玛还是希望眼前这个傲慢自大的女王只是外表傲慢一些，希望她的内心应该还是不错的。总之，现在不要招惹她，还是要想办法尽量赢得她的信任和友谊。

于是奥兹玛诚恳地说道："女王陛下，我不喜欢战争。在我统治的翡翠城里，包括翡翠城附近的居民，那里成千上万的人民都服从我的统治。在我的管制下，他们不需要军队，因为他们之间没有争吵，用不着打仗。如果我的子民之间发生了争议或者矛盾，他们就会找我解决，由我对案子做出判断和裁决，为他们主持公道。所以，我听说这里可能会发生战争，就赶紧赶到这里来了，希望能够尽早地解决问题，阻止战争的发生。"

"没有人要请你来啊，不要自作多情。"库伊欧女王说，"要平息这场战争是我的事情，和其他任何人都没关系。你说我的国家是你统治的一部分，根本就是信口开河，纯粹胡说八道。我从来没听说过什么奥兹国，更没有听说过还有你这样一个爱管闲事的女王。你说你是仙女，还说仙女们派你来统治我，我是绝对不会相信的！我只知道你们是骗子，我的人民本来已经变得难以控制了，你们来就是惹是生非的。没准儿你们是那些邪恶的平顶头人派来的间谍，想要谋害我的国家。"

库伊欧女王从宝座上站起来看着奥兹玛继续说："我的魔法是最强的，比任何人都强，更比平顶头人强，我不怕他们的魔法！你不是说你统治了成千上万的人吗？我虽然只统治了一百零一个斯基泽人，但是他们每一个人都害怕我的声音。现在又多了奥兹玛和多萝茜，那就是说我要统治一百零三个臣民了，因为你们的法力也远远不如我。更有意思的是，统治了你们，我就等于统治了你所统治的成千上万的人！哈哈哈……"

多萝茜被库伊欧女王这番狂妄的言论惹得大怒起来，气愤地大声叫嚷道："我有一只粉红色的小猫，有时她就用你这样的口气跟我说话。但是，我狠狠地教训了她一顿之后，她就再也不敢自以为是了。如果你真的知道奥兹玛是谁，就注意你的态度，小心被揍得很惨。"

库伊欧女王并没有理会多萝茜的态度，只是傲慢地瞥了多萝茜一眼，又转过身看着奥兹玛，说道："我刚好知道，就在明天，平顶头人要攻打我们岛，不过我已经做好了迎战的准备。等打败

了他们，我再把你俩关在岛上，你们肯定逃不掉了。"

说完她转身开始认真打量默默围在她宝座周围的臣民。

然后，她叫出其中一位年轻的女性，说道："奥丽克丝小姐，这两个小姑娘交给你了，你把她们先带到你家去，好好照看她们，让她们在你那里吃住，也可以让她们在大圆顶的任何地方游玩，因为她们是不会伤害人的。等我打败了平顶头人，再考虑怎么处理她俩。"

库伊欧女王坐到王座上，奥丽克丝向女王深深地鞠了一躬，毕恭毕敬地说道："遵命，女王陛下！"

然后她走到奥兹玛和多萝茜身边说道："请跟我来吧。"说完转身退出了觐见室。

多萝茜惊讶地看见奥兹玛居然跟着奥丽克丝小姐走了出去，心里又觉得有点失望。多萝茜没办法，只好也跟着走了出去。离开觐见室前，她还朝着库伊欧女王翻了一个大大的白眼，不过库伊欧并没有理会她。

第九章

奥丽克丝小姐

奥丽克丝小姐带着奥兹玛和多萝茜沿着一条马路一直走，在靠近覆盖村子的玻璃大圆顶边缘的一座华丽的大理石房子旁边停下了脚步。一路上奥丽克丝小姐始终没有开口和姑娘们说过话，她们在路上看到所有人们都表情呆板、严肃，死气沉沉的。奥兹玛和多萝茜默默地观察着四周，也不敢说话。

奥丽克丝小姐把她们带到一个布置别致、舒适的房间里。奥兹玛和多萝茜已经很久没有休息过了，赶快找地方坐了下来。此时，奥丽克丝小姐才开口问道："你们饿不饿？"她们回答说饿，于

是奥丽克丝小姐就吩咐一个女仆拿来了许多美味的食物。

这位奥丽克丝小姐看起来大约有二十岁的样子，因为之前仙女们把奥兹国变为奥兹仙境，人们的相貌永远不会变老，也不会死，所以想要弄清楚一个人的年龄是很难的。她是库伊欧女王的侍从，穿着优雅大方，气质端庄。她的相貌很可爱，不像库伊欧女王那么不讨人喜欢，但是她脸上的表情也和所有的斯基泽人一样，严肃而又沉默。

奥兹玛一直在打量奥丽克丝小姐，觉得她性格比较随和。于是奥兹玛温柔地问道："你也认为我是骗子吗？"

"我不敢说。"奥丽克丝小姐很小声地说道。

"有什么不敢说的，难道你说话别人也会管吗？"奥兹玛问。

"在这里，如果我们说了什么对女王不利的话，会遭受到惩罚。"奥丽克丝小姐回答道。

奥兹玛说："这里现在只有我们几个，没关系的，说吧。"

"不行，岛上的每一句话都会被女王听到，就算是窃窃私语也会被她听到。她是个很强大的女巫，谁都不敢说她的不好。"奥丽克丝小姐恐惧地说道。

奥兹玛从她的眼神中看得出来，她是有苦说不出。于是奥兹玛拿出胸前的魔法棒，开始默念咒语。接着她走到房子外面，围绕着整座房子走了一圈，一边走还一边挥舞着手里的魔法棒。奥丽克丝小姐一直好奇地看着奥兹玛，奥兹玛完成这一套魔法之后又回到房间里。奥丽克丝小姐好奇地问道："你刚刚那是在做什么？"

"我用魔法把这个房子圈住了，在我画圈的地方，我们可以随意说话，库伊欧没办法听到我们的话了。奥丽克丝小姐，你现在可以自由地

说话了，不用担心女王会听到了。"奥兹玛说。

奥丽克丝小姐听完之后，立马精神抖擞起来，她瞪着美丽的大眼睛看着奥兹玛问："我真的可以相信你吗？"

"每个人都相信奥兹玛，她是善良真诚的，而你们邪恶的库伊欧女王侮辱了她。她真的是奥兹国的统治者，那个讨厌的库伊欧女王一定会后悔的。"多萝茜叫道。

"虽然库伊欧女王不认识我，但是我希望你能知道我的身份。我想知道，为什么这里所有的斯基泽人都那么严肃压抑，感觉闷闷不乐的。你不用担心库伊欧女王发火，在这个房子里，我保证她伤害不了你。"奥兹玛真诚地说。

奥丽克丝小姐沉思了一会儿，说道："我相信你，奥兹玛公主，其实斯基泽人并不坏，他们不喜欢战争和矛盾，哪怕是和他们的死对头平顶头人打仗也是如此。但是库伊欧女王的统治让所有人害怕，我们宁愿听从她微不足道的命令，也不想被她惩罚。如果你知道库伊欧女王是怎样残酷地惩罚我们的话，你就知道斯基泽人为什么闷闷不乐了。"

"她还有没有良心？"多萝茜生气地说。

"她很自私，从来不在乎别人的感受，更不讲什么仁慈善良，她只爱她自己。"奥丽克丝小姐全身发抖地说道。

"这也太过分了！"多萝茜一本正经地说，"奥兹玛，这里是被奥兹国遗忘的角落，现在情况如此糟糕，我觉得你在这里可有的忙了。首先，你一定要剥夺库伊欧女王使用魔法的权利，当然还有那个讨厌的苏迪克的。他们两个那么自私残酷，都不配当这里的统治者。不仅如此，还要让所有的斯基泽人和平顶头人知道他们都是属于奥兹国的，必须都服从于你——奥兹国的统治者奥兹玛公主。等你完成这些，我们就可以安心回去了。"

奥兹玛微笑着听完她的小朋友多萝茜的劝告，但是奥丽克丝小姐却惊慌不已。

奥丽克丝小姐说："我真的想不通，你们现在可是这里的囚犯，完全在库伊欧女王的掌控之中，而且这里马上就要爆发一场战争了，我们都会陷入危险，你却已经信心十足地打算怎么处罚苏迪克和库伊欧女王。可是自从苏克迪的妻子罗拉被库伊欧女王变成金猪之后，苏迪克的实力就没有以前那么强了，库伊欧女王现在非常自信，觉得一定能够打败苏迪克。"

"她要打击苏迪克没有错，因为平顶头人确实很恶毒，要偷走你们这里的鱼，而苏迪克的妻子罗拉是想要毒死这里的鱼。"多萝茜说道。

"你们知道这是为什么吗？"奥丽克丝小姐问道。

"我不清楚是什么原因，他们那么恶毒。"多萝茜说。

奥兹玛说："告诉我们原因吧！"

"好的，奥兹玛陛下。在很久之前，平顶头人和斯基泽人还是友好相处的朋友，他们来我们岛上做客，我们也经常去他们山上拜访。那时候统治平顶头人的是三大魔法师，她们是三个美丽的姑娘。她们并不是平顶头人，但是缘分使她们来到了平顶山，就在那里安了家。这三个魔法师只用魔法帮助人们做好事，所以很受平顶头人的爱戴。她们教平顶头人使用铁罐脑子，用金属做出永远不会坏掉的衣服，把当时的平顶山管理得很好。

"那时候库伊欧就已经是我们的国王了，可她当时并没有魔法，所以没有现在这样骄傲自大。三位魔法师对库伊欧女王很友好，她们帮助我们建造了如今这个漂亮华丽的玻璃大厦，还有我们的大理石房子，教我们做漂亮的衣服，还有其他我们没见过的东西。库伊欧外表装作很感激三位魔法师的样子，其实内心早就嫉妒这三位魔法师了。于是她费尽心思企图窃取三位魔法师的魔法秘密。"奥丽克丝小姐继续说道。

"有一天，库伊欧女王邀请三大魔法师来岛上赴宴，就在她们用餐的时候，库伊欧偷走了她们的法器，还趁机把三位魔法师变成了三条鱼——金鱼、银鱼、铜鱼。三条鱼在宴会厅里挣扎，没有水她们就会死。其中一条鱼说：'没想到你是这样的人，库伊欧，如果我们死了，你得到的法器上的魔法就会消失！'库伊欧一听，手忙脚乱地抓起三条鱼，跑到湖边扔到了湖里，三条鱼到了水里就游走不见了。

"我亲眼看见的，太可怕了，许多斯基泽人都看见了。后来消息传到了平顶头人那里，我们就从朋友变成了敌人。平顶山上只有苏迪克和他的妻

子罗拉幸灾乐祸，他们变成了平顶头人的统治者，为了让自己更聪明、更强大，就把别人的铁罐脑子抢过来给自己用。罗拉利用三大魔法师留在山上的法器成为女巫。

"库伊欧的阴谋给斯基泽人和平顶头人带来了灾难。苏迪克和他的妻子残暴地对待平顶头人，库伊欧女王也因为得到了魔法而变得骄傲自大，对我们非常苛刻。所有斯基泽人都知道魔法是她不择手段偷来的。所以她心虚，她强制我们服从她的每一个命令，毕恭毕敬，不得有一丝反抗。如果有人不听话，私下讨论她的过错，惹怒了她，她就会把我们带到她的宫殿里，用带结的绳子抽打我们。所以我们都很害怕她。"

奥兹玛开始心疼这里的人民，多萝茜在一旁早已经气得坐不住了。

"现在我知道是什么原因让斯基泽人和平顶头人为湖里的鱼开战了。"奥兹玛说。

"苏迪克和他的妻子一心想偷走我们湖里的鱼——金鱼、银鱼和铜鱼，随便杀死一条鱼就可以让库伊欧女王的魔法失效，这样一来苏迪克就可以侵占我们的国家了。他们抓鱼还有一个原因，那就是他们害怕三大魔法师有一天会变回原形，回到山上抢夺他们的位置。所以当时罗拉决定要毒死湖里所有的鱼。库伊欧女王为了保护湖里的鱼，就把罗拉变成了一头愚蠢的金猪。只有鱼活着，才能保证库伊欧女王魔法的存在。"

"为了三条鱼，库伊欧女王一定会用尽全力去和苏迪克争斗。"多萝茜说。

"而且她一定会竭尽全力，把所有的魔法都使出来。"奥兹玛接着说。

奥丽克丝小姐问："没有桥，平顶头人用什么方法登上魔法岛攻击呢？"

"他们有弓箭，我猜也许他们会靠弓箭来攻击你们的玻璃大圆顶。"多萝茜思考了一下，说道。

奥丽克丝小姐笑着摇了摇头，肯定地说道："他们那样做是攻击不了我们的。"

"为什么？"多萝茜问。

"等到明天早上平顶头人来了，你们就知道为什么了。"奥丽克丝小姐神秘兮兮地说。

"我觉得他们不会直接进攻小岛。我相信他们最先下手的应该还是湖里的鱼，用毒药之类的方法最直接。消灭了鱼，他们征服这个小岛就没有阻碍了。"奥兹玛很肯定地说。

"库伊欧肯定早就做好了迎战的准备，我反而希望平顶头人能征服我们，那样的话我们就可以摆脱库伊欧女王的统治了。但我不希望看到三大魔法师被他们毁灭，因为我们未来的幸福都靠她们了。"奥丽克丝小姐说。

"放心吧，不管发生什么事情，奥兹玛都会庇护你们的。"多萝茜安慰她说。但是奥丽克丝小姐并不知道奥兹玛有多大的本领，所以还是有点不放心。

如果明天平顶头人真的来进攻这里，那就有好戏瞧了。

第十章

水底下

　　黑夜降临到这里。在玻璃大圆顶里，无论马路还是房子，都被点亮的白炽灯照得宛如白昼。多萝茜心想，如果夜晚时在湖外看魔法岛，一定美丽极了。女王的宫殿里正在举办宴会，皇家乐队的音乐隐约传到了奥丽克丝小姐的家里。奥兹玛、多萝茜和房子的主人也是看守的人待在一起。她们虽然是囚犯，不过同样受到了优厚的款待。

　　奥丽克丝小姐为她们准备了丰盛的晚餐，当她们想休息时，把她们带到一个装饰得很漂亮的干净房间里，安排了舒适的床，临睡前还祝她们一夜好梦。

　　房间里只剩她们两个人了，多萝茜赶紧问道："奥兹玛，你觉得这里怎么样？"

　　"我觉得我们此行收获很大。尽管明天这里或许就要发生不幸的事情，但是我觉得至少我们了解了这里的人们。他们的首领都是邪恶的人，压迫着这里的子民。我的职责是帮助斯基泽人和平顶头人重获自由，追求真正

的幸福。我一定会竭尽全力地完成我的职责。"奥兹玛自信地说。

"但是对于目前的处境来说，我们并没有什么办法啊！明天如果库伊欧女王胜利了，她不会饶了我们；如果苏迪克胜利了，情况会变得更棘手、更麻烦。"多萝茜忧心忡忡地说。

"不要担心，无论事情如何发展，我相信我们都不会有什么危险。这一次冒险之旅一定会圆满结束的。"奥兹玛说。

多萝茜对她的朋友奥兹玛公主信心十足，她并不很着急，而且为自己能参与这些事情感到激动无比。她爬到床上很快就进入了梦乡，就好像还睡在奥兹玛皇宫里的床上一样。耳边不断响起嘎吱嘎吱的声音，多萝茜被吵醒了，她坐起来揉了揉眼睛，发现天已经大亮了。整个岛屿好像地震了似的不停地摇晃着。

奥兹玛正在快速穿衣服。多萝茜急忙跳下床，问道："发生什么事儿了？"

"我也不知道，不过我觉得这个岛似乎在下沉。"奥兹玛说。

岛屿还在不停摇晃着，她们穿好衣服后跑到外面，发现奥丽克丝小姐已经穿好衣服在等着她们。

"不要慌，事实是库伊欧女王打算把这个岛沉没。这样做也说明平顶头人来攻打我们了。"奥丽克丝小姐解释说。

"你说什么？把岛沉……沉……沉没？什么意思？"多萝茜磕磕巴巴地问。

奥丽克丝小姐说："你们来这里看！"

她带着她们来到一扇窗前，正对着岛上的玻璃大圆顶。只看到整个岛屿正缓缓下沉，湖水已经漫到了大圆顶的中间位置。透过玻璃可以清晰地看到鱼儿悠闲游过，清澈的湖水中水草荡漾，对面的湖岸恍若就在眼前。

"平顶头人还没到，他们就要来了，不过估计到时候圆顶房子也沉到水底了。"奥丽克丝小姐说。

"那圆顶房不会进水吗？"多萝茜很担忧地问。

"放心吧！不会的。"

"那这座岛之前也这样沉没过？"

"没错，是有那么几次。不过这样做很耗力，毕竟操纵机器不是那么容易，库伊欧女王一般不轻易这么做。这里之所以建成圆顶房，正是方便沉没岛屿。我猜我们的女王正担心平顶头人打碎圆顶房的玻璃。"

"我们沉到水底，他们就无法攻击到我们了，当然，我们也无法打到他们。"多萝茜赞同道。

"不过他们会把鱼杀了。"奥兹玛表情很严肃地说。

"就算我们的岛屿沉到水底，我们也有办法战斗。不过我不能告诉你们秘密所在。这里神奇的事情很多，女王的魔法也神奇无比。"奥丽克丝小姐说。

"她的魔法是从那三位魔法师那儿偷的吧？她们现在变成了鱼。"

"她是偷了魔法咒语和工具，不过那三位魔法师可没这样用过魔法。"

说话间，水已经淹没了圆顶房的顶部，岛屿也稳稳地停了下来。

奥丽克丝小姐指着岸边大声叫起来："快看，平顶头人来了！"

此时，在距离圆顶很远的湖岸，那里人影幢幢，黑乎乎一片。

"我们看一看库伊欧和他们如何打仗吧！"奥丽克丝小姐紧张地说道，连声音都有些颤抖起来。

平顶头人穿过棕榈树丛，赶到了岸边。此时小岛的圆顶房刚刚被湖水淹没。透过清澈的湖水，依稀还能看到圆顶房。透过圆顶房的玻璃，还可以看到一些斯基泽人房屋的模糊影子。

苏迪克大声命令自己的部下全副武装起来，把随身带来的两个桶轻轻放在旁边的地上。

"哈哈，看起来库伊欧已经害怕得躲了起来。那就省了我们很多的事情。我这一个桶里的毒药，就可以把湖里的鱼全部毒死。"

一个头领附和着说："没错，把鱼都毒死，还不耽误我们赶快回家。"

"不，现在还不是时候。库伊欧女王曾经侮辱过我，我要抓住她，毁掉她的魔法。我可怜的妻子被她变成了一头愚蠢的金猪。不报此仇，我誓不罢休。"苏迪克咬牙切齿地说。

忽然小头领们指着湖水叫了起来："快看湖里，小心！有情况。"

沉没在水中的圆顶房子上，一扇门打开后，嗖地蹿出一个黑乎乎的东西。门随即紧闭起来，那个奇怪的东西在水面下朝平顶头人方向射过去。

多萝茜好奇地问："那是什么东西？"

"那是库伊欧女王的全封闭潜水艇，在水下行驶。库伊欧在村子里的地下室里藏了好几艘这样的潜水艇。岛屿沉没后，她就乘坐潜水艇到岸边。估计她已经和平顶头人交上手了。"奥丽克丝小姐解释道。

苏迪克和他的部下对库伊欧的潜水艇一无所知。他们傻傻地看着那个东西驶到跟前。快靠岸时，潜水艇浮上水面，顶部的门打开后，从里面钻出一队由女王率领的全副武装的斯基泽人。库伊欧女王手里拿着一根银色魔法绳子，腰背挺直地站在潜水艇上。她把绳子往后一撒，打算扔到苏迪克的身上，他就在几英尺①远的地方。苏迪克也很聪明，他马上意识到危险来临。就在库伊欧女王扔出魔法绳子之前，苏迪克动作迅速地提起一个铜桶，把里面的东西朝她泼过去。

---

① 英美制长度单位。1 英尺约为 0.3 米。

第十一章

征服斯基泽人

库伊欧女王扔掉绳子，晃了一晃就栽倒在水里。其他的斯基泽人还没反应过来要帮她，她已经沉了下去。那些人看着她落水溅起的水花，目瞪口呆。不一会儿，湖上出现了一只美丽的白天鹅。这只天鹅很大，看起来优雅美丽极了，她那白色的羽毛上镶嵌满了小小的钻石，阳光一照，耀眼无比，整个天鹅就好像一颗大钻石似的。天鹅的嘴巴是金子的，眼睛是亮闪闪的紫石英。

苏迪克高兴得又蹦又跳，大叫起来："哈哈，罗拉，我可怜的妻子，我为你报仇了。库伊欧，你把她变成了金猪，我把你变成了钻石天鹅。你就永远在湖上待着吧，你的蹼已经没办法使用魔法了。你将一事无成，和我那变成猪的妻子一样。"

"无耻的家伙！你会有报应的。我被你骗得真惨，我是个十足的大傻瓜！"钻石天鹅哑着嗓子嘎嘎地说。

"你一直就是个大傻瓜，之前是，现在更是！"苏迪克疯狂地大笑着说。

一个不注意，用脚把另一个铜桶踢翻了。毒药很快全部渗到了湖边的沙地里，一滴都没剩下。

苏迪克看着翻倒在地的桶，叫着："哎呀！哎呀！完了！完了！用来毒死鱼的毒药都没了，只有我妻子会制造这种毒药，但是她现在变成蠢猪，什么魔法都不会了。"

钻石天鹅在湖面上闲适地游来游去，看了一场大笑话。"哈哈！太好了，我真是开心，你的报应已经来了。我被你算计得失去了魔法，但是你也没那么好过！三条魔法鱼就够你受的了，有朝一日她们一定会收拾你，我就拭目以待了！哈哈哈……"

苏迪克静静地盯着钻石天鹅看了一会儿，气急败坏地命令部下说："快！给我把这只讨厌的天鹅射死！射死她！"

但是，钻石天鹅一转眼已经钻到了水底下，射箭也伤不到她。库伊欧女王再钻出湖面时，已经离岸边很远了。她使劲向弓箭射不到的地方游着。

苏迪克摸了摸自己的下巴，想着接下来要干什么。潜水艇还浮在水面上，里面的斯基泽人已经吓呆了，手足无措。残酷的库伊欧女王变成钻石天鹅，他们不一定多么伤心，只是一时不知道该如何是好。潜水艇只有库伊欧女王的咒语可以驱动，不能自己行驶。他们无法让潜水艇沉到水底，

防水罩也盖不上，更别提开回城堡或者放置潜水艇的地下室里去了。他们被困在了圆顶房子的外面，无法返回自己的家园。

一个斯基泽人对平顶头大王说："我们无家可归了，把我们抓到你们山上吧！给口饭吃就行！"

苏迪克得意扬扬地说道："真是痴心妄想，我才不会闲着没事干，带一群愚蠢的斯基泽人回去呢！你们随便去哪里，只是别到我们的平顶山上。"接着他又对自己的部下说："库伊欧女王已经被我们打败了。她变成了一只呆头呆脑的天鹅。斯基泽人就永远待在水底吧！我们回家去摆宴席庆祝一下此次大获全胜。这么多年的事实证明了一点，我们平顶头人确实要比斯基泽人厉害许多！"

平顶头人浩浩荡荡地穿过那排棕榈树，回到了平顶山上，大摆筵席，苏迪克和几个首领享用着美味佳肴，其他的人在身边伺候他们。

苏迪克遗憾地感叹说："没有烤猪真是可惜！我们仅有的猪还是金子做的，没办法吃掉。再说那只金猪还是我的妻子，即使不是金子做的，她的肉也老得无法下咽。"

第十二章

钻石天鹅

平顶头人走了之后，钻石天鹅不急不忙地游回小艇，一个叫欧维克的年轻斯基泽人急匆匆地赶过来问她："女王陛下，我们要怎么做才能回到小岛上呢？"

库伊欧并没有理会欧维克的问题，反而问道："我不美吗？"她优雅地拱起自己的脖子，张开镶满钻石的耀眼翅膀，"我可以从水里看见我美丽的倒影，我相信任何鸟儿、走兽和人类都没有我美！"

"女王陛下，请你告诉我们回到岛上的方法。"欧维克又追问道。

"不久后，我的名气将会传遍全国各地，人们都会从四面八方赶来欣赏我的美貌。"库伊欧骄傲地自言自语着，然后抖了抖身上的羽毛，钻石不停地闪着光芒。

"可是，陛下，我们必须回到岛上去。我们不知道回家的方法。"欧维克坚持说。

"看我美丽的眼睛，明亮而湛蓝，无论什么人看了，都会被我的眼睛迷

住的。"

"告诉我们怎样才能让小船开动，快告诉我们！"欧维克和其他的斯基泽人都急切地叫道，"快点儿说啊！库伊欧，快点儿！"

"我不知道啊！"库伊欧满不在乎地说。

"你是女巫啊！你是法力高强的女魔法师，你会魔法！"

"那是以前，那时我还是个小姑娘。"她一边说一边含情脉脉地注视着水中自己的倒影，"现在我是美丽高贵的钻石天鹅，比小姑娘可爱，所以我把魔法那种蠢东西都忘掉了，难道你们不觉得我现在更美吗？"说罢，她优雅地游走了，根本不在意他们的反应。

欧维克和其他同伴都绝望了，他们现在清楚，库伊欧已经帮不到他们了。也许是无能为力，也许是不愿意施以援手。库伊欧女王对她曾经的岛屿、她的臣民和她的魔法，都不感兴趣了，她的眼中只有自己的美貌。

欧维克伤心地说："平顶头人打败了我们，彻底打败了。"

奥兹玛和多萝茜、奥丽克丝小姐在家里只看到了事情的一部分，她们走出了房门，匆匆赶到大圆顶上的玻璃前，想弄清楚到底发生了什么事情。

许多斯基泽人也挤在圆顶房里，不知道接下来会发生什么事情，虽然他们的视线受湖水的影响，从湖水下往上看的角度也很别扭，但是湖面上发生的那些事情他们基本上都看见了。他们看见库伊欧女王的潜水艇浮出水面，舱门打开后，女王站在潜水艇上准备用她的魔绳施法。就在这时候，库伊欧女王突然变成了一只钻石天鹅，圆顶房里的人们吓得叫出声来，一片哗然。

"好啊！"多萝茜叫道，"我讨厌那个又老又丑的苏迪克，不过库伊欧受到了应有的惩罚，我还是很高兴的。"

"这简直是太不幸了！"奥丽克丝小姐双手捂住胸口说道。

"的确如此，库伊欧的不幸会严重打击到她的子民。"奥兹玛沉默了一会儿，赞同了奥丽克丝小姐的话。

"我不懂你说的意思。"多萝茜惊讶地说道，"我觉得，库伊欧女王有这样的下场是斯基泽人的好运啊！这个女王之前的行为那么残暴。"

"如果仅仅是失去女王，那倒是没错。如果岛屿没有沉没，问题倒不大。但事实是现在岛屿沉在了湖底，我们都被困在湖底这座大圆顶房子里了，这是个很棘手的问题。"奥丽克丝小姐说道。

"你能有什么办法把这个小岛升起来吗？"多萝茜问。

"没有办法，因为这个秘密只有库伊欧女王知道。"奥丽克丝小姐回答说。

"我们可以试试，既然它可以沉下来，那我们就有办法把它再升上去。我估计操纵岛屿的机器肯定还在。"多萝茜认真地说。

"你说得没错，问题是这个机器是用魔法才能操控的，库伊欧从来不让我们知道她的魔法。"奥丽克丝小姐皱着眉头说道。

多萝茜也紧锁着眉头，开始想办法。

"奥兹玛会很多种魔法。"她说。

"但我并不会这种魔法啊！"奥兹玛回答道。

"你就不能看看机器，琢磨学习一下这个魔法吗？"

"亲爱的，我也没有办法啊。这是巫术，根本不是仙女的魔法。"

多萝茜转向奥丽克丝小姐说："你不是说你们还有多余的潜水艇吗？我们可以像库伊欧那样坐一艘开到水面上去啊，这样不就出去了吗？然后我们再把其他的斯基泽人都从水底下救出去。"

"潜水艇只有库伊欧女王会操纵，我们所有人都不知道怎么开！"奥丽克丝小姐回答说。

"那这座圆顶房有没有别的门窗可以打开？"

"没有，就算是有，一旦打开外面的水就会涌进来。那样的话，我们还是照样出不去。"

"斯基泽人虽然不会被淹死，但他们会彻底湿透，感觉也不会舒服的。多萝茜，虽然你有魔法腰带保护，不至于被水淹死，但你是个普通的凡人，这一生估计都只能被困在水里。"奥兹玛说。

"与其那样，我宁愿快点儿淹死得了。"多萝茜可是急性子，"地下室不是有门可以打开吗？从那里可以放出钢桥和潜水艇，那里应该不会有水冲进来吧！"

"可那些门还是要靠咒语才能打开，只有库伊欧才知道咒语。"奥丽克丝无奈地解释道。

"天啊！气人！那个可恶的库伊欧毁掉了我所有的逃跑计划。奥兹玛，看来只能靠你来救我们了。"多萝茜生气地大叫起来。

奥兹玛微微笑了笑，没有平时的笑容舒心，表情马上又严肃了起来。这次的问题难倒了奥兹玛，尽管她还没有绝望，但是她意识到斯基泽人和这座岛，还包括多萝茜和自己，都面临一个很棘手的问题。除非她想办法来救他们，不然奥兹国就将永远失去他们了。

奥兹玛沉思着说："这种情况下，着急是肯定没用的，只有冷静思考才能帮助我们。总会发生预料不到的事情，方法也会慢慢找到，总之我们现在不能鲁莽行动，要有十足的耐心慢慢等待。"

多萝茜点头说道："你说得没错，那就好好利用你的时间吧！奥兹玛，不用着急。那我们先去吃早饭吧，奥丽克丝小姐。"

奥丽克丝小姐带着她们回到家里，吩咐浑身哆嗦的仆人去准备早饭。

所有的斯基泽人都在为库伊欧女王变成天鹅的事情感到害怕，心里忐忑不安。虽然他们都很讨厌库伊欧女王，但又要依靠她的魔法来征服平顶头人，也只有她才能使这座岛重新升到水面上去。

早饭还没有吃完，就有几个斯基泽人的头领来找奥丽克丝小姐问话，要她拿主意。他们纷纷打探奥兹玛公主的情况。斯基泽人现在对奥兹玛公主几乎什么都不知道，只知道她自称是仙女，是整个奥兹国的统治者，当然也包括他们的斯基泽湖。

"如果你对库伊欧女王说的话是真的，那么你就是我们合法的统治者，我们得依靠你来帮我们解决现在面临的艰难问题。"他们中一个说道。

奥兹玛微笑着安慰他们："是的，我会努力的。但是你们要知道，仙女的魔法是只给那些向她们提出救援的人民带来安乐和幸福的。相反，库伊欧所使用的那些魔法都是巫术，没有一个仙女愿意使用巫术。因为这有损她们的身份。但是特殊情况下，比如现在，为了做一件好事，也有必要用一点巫术的方法。我通过研究库伊欧的魔法器具和巫术的秘密，或许可以成功帮助大家摆脱眼前的困境。你们能答应承认我是你们的统治者，并且听令于我吗？"

人们爽快地答应了。

奥兹玛继续说道："那么现在请带我到库伊欧的宫殿里去看看，我要待在那里，去那里寻找一些线索，也许里面有能帮助我们的东西。同时你们也要告诉所有的斯基泽人，不要慌张害怕，让他们耐心等待，各自回到各自的家里去，像往常一样生活。库伊欧失败的事情对于他们也许并不是坏事，更可能是一件好事。"

这番话让斯基泽人都很兴奋，他们能安心地依靠奥兹玛了，尽管现在面临危险，他们也不会因为库伊欧女王变成钻石天鹅而感到烦恼了。

他们还拿出乐器，吹吹打打，热热闹闹地把奥兹玛和多萝茜护送到了王宫，就连库伊欧以前的仆人也热情地迎接她们，争先恐后地服侍她们。奥兹玛邀请奥丽克丝小姐也留在王宫里，因为她认识所有的斯基泽人，又是原先库伊欧女王身边值得信任的人，所以她的意见和情报对奥兹玛来说，可能有很大的帮助。

　　奥兹玛在宫殿里一无所获。库伊欧的私人套间里每一个房间都有她用来制造巫术的工具和药罐子，上面还贴着奇奇怪怪的标签，还有一些奇形怪状的机器。奥兹玛看得一头雾水，实在是猜不出这些东西的用途。除了腌蛤蟆、腌蛇、腌蜥蜴，还有一架子的书，里面的字都是用血写成的，但是奥兹玛根本看不懂她写的是些什么。

　　奥兹玛对同行的多萝茜说："有一个问题我实在是很困惑，库伊欧是怎么使用她从那三位魔法师那里偷来的法器的呢？据我们之前了解到的情况，这三位魔法师只用魔法为人们做好事，但是库伊欧只做一些坏事。"

　　"也许是她用好法器做了坏事。"多萝茜说。

　　"没错，而且我估计库伊欧肯定还用她学会的魔法知识，发明了许多好魔法师都不知道的坏巫术。现在三个好魔法师都被变成了鱼，最可恨的是，库伊欧把秘密守得牢牢的，这个房间里的东西也只有她一个人会使用。"奥兹玛说。

　　"那我们可以把钻石天鹅抓来，拷问一下她的秘密。"多萝茜说。

"没用的，就算我们抓住了库伊欧，她也早就把以前的魔法都忘得一干二净了。再说，我们没办法从这里出去，怎么抓钻石天鹅？等我们逃出去了，她的魔法对我们也没什么用处了。"

多萝茜说："这倒也是。哎呀，亲爱的奥兹玛，我又想到一个绝妙的好办法！我们可以抓住那三条魔法师变成的鱼——金鱼、银鱼、铜鱼，你可以把她们变回原样吗？然后让她们带我们离开这里。"

"亲爱的多萝茜，你的想法行不通啊！我们要在这么大的湖里找到她们太难了，和抓住钻石天鹅一样困难重重。"

"但是如果抓到她们，那对我们来说肯定有很大的帮助。"多萝茜还是坚持自己的想法。

"你说得没错，只要你能有办法找出她们，那我肯定能把她们变回原形。"奥兹玛被多萝茜的认真劲儿逗笑了。

"我知道你觉得我做不到，不过我还是要试试。"

说完多萝茜就转身离开了宫殿，然后找到了一个能通过透明玻璃看到外面水域的地方。她立刻被水底的奇异风景迷住了。

在斯基泽湖里生活的鱼儿种类繁多，什么样的都有。湖水清澈透明，小姑娘多萝茜可以看到很远地方的鱼，那些鱼游到玻璃近旁，有时还不小心撞到玻璃上。在湖底的白沙上，是一些龙虾、海星、螃蟹之类的甲壳类动物，形状各异、色彩缤纷的甲壳好看极了。水草也很迷人，在多萝茜眼中，这里美得像一个美丽的花园。

最有趣的就是鱼儿了，其中有一些又大又懒的，慢慢悠悠地漂浮着，有的懒洋洋地躺在水里，只有鱼鳍在划动。就在多萝茜看它们的时候，这些鱼也瞪大眼睛注视着这个漂亮的小姑娘。多萝茜心想，奥兹国的所有动

物都会说话，这些鱼肯定也会，如果隔着玻璃和它们说话，不知道它们能不能听得见。而且一般情况下鱼要比其他动物笨一些，因为它们思路很慢，所以彼此之间也没有什么话好说。

在斯基泽湖里，小鱼要比大鱼聪明，那些小鱼都在摇动的水草里穿进穿出，好像都很忙的样子。多萝茜希望能在这些小鱼里找到三个魔法师变成的金鱼、银鱼和铜鱼。她的直觉告诉她，这三条鱼应该在一个地方，就像没变成鱼的时候一样结伴而行。可是眼前这些游来游去的鱼儿纷纷扰扰，湖里的情况瞬息万变，即使她们真的出现了，多萝茜也不一定能注意到她们。她的视线只能到达有限的区域，也许那三条鱼不在这里，在她看不到的大圆顶另一边，或者更远的地方。

多萝茜又想："也许她们害怕被库伊欧发现，所以躲藏起来了，她们还不知道库伊欧已经变成了一只钻石天鹅。"

她看了很久，觉得肚子饿得咕咕叫了，就跑回宫殿里吃饭去了，但她并没有因此灰心丧气。

"哦，奥兹玛，你有什么新的发现吗？"多萝茜问。

"并没有，你呢？发现那三条鱼了吗？"奥兹玛说道。

"还没有，反正我没什么事情可做，现在也没有其他办法，所以我觉得我还是会继续找她们的。"

第十三章

警铃

在遥远的奎德林领地里，格琳达女士在宫殿里忙碌着。她不仅要关心侍女们的刺绣、编织，还要帮助所有来请求她帮忙的人们，包括野兽和小鸟。而且她对各种魔法都很有研究，大多数时间她都待在魔法实验室里，希望能发明一种可以对抗所有邪恶的魔法，还要完善她自己的魔法技巧。

百忙之中，她也没有忘记每天都去翻看一下记事簿，找找有没有记载奥兹玛和多萝茜访问平顶魔法山和斯基泽魔法岛的故事。书里记载：奥兹玛到达了魔法山，又和她的小伙伴多萝茜逃了出去，到了斯基泽魔法岛，后来库伊欧女王把岛沉到水底。接着又记载：平顶头人到了湖边，想把湖里的鱼都毒死，他们的大王把库伊欧变成了

一只钻石天鹅。

记事簿里没有详细记载，所以格琳达并不知道小岛现在被困在了水里，库伊欧已经忘记了所有的魔法，也就意味着没有一个斯基泽人可以把岛重新升到水面上。格琳达并不为奥兹玛和多萝茜担心。直到有一天早上，她正和侍女们坐在一起，忽然警铃大声鸣叫起来。这是很少发生的事情，把她们都吓了一大跳，就连格琳达也一时半会儿搞不明白警铃为什么会响。

过了好一会儿，她才回过神来，想起在多萝茜离开宫殿开始冒险之前，她曾经给多萝茜一只警铃。当时她嘱咐多萝茜，不能轻易使用这只具有魔法的警铃。只有当她们真正遇到危险迫不得已的时候才能使用，只要多萝茜把戒指朝右转一下，再朝左转一下，警铃就会响起来。

现在格琳达才知道她的统治者和多萝茜公主遇到了大麻烦，于是连忙赶到她的魔法间里，想看一看她们到底遇到了什么危险。答案一目了然：斯基泽岛的大圆顶房沉到了湖底，而奥兹玛和多萝茜被困在里面。这让格琳达很担心。

格琳达问道："奥兹玛也没有办法让岛升起来吗？"

"没有。"根据记事簿记载，只有库伊欧女王才能让岛升上去，可是她现在却被变成了一只钻石天鹅。剩下的就不知道了。

于是格琳达开始查阅记事簿以前的记载有关斯基泽岛的信息。经过仔细查阅之后，她发现库伊欧原来是一个很阴险的女巫，她用阴谋诡计把参加宴会的三大魔法师变成了三条鱼——金鱼、银鱼和铜鱼。还从她们那里偷走了所有的法术，然后把她们扔进了湖里。

格琳达在仔细了解了情况之后，决定帮助奥兹玛。尽管这件事情不用太着急，因为奥兹玛和多萝茜被困在玻璃大圆顶房里，可以安然无恙地生活很长一段时间。可是如果不想办法把小岛从水里升起来，她们就会永远被困在水里。

格琳达翻遍了她所有的魔法秘籍和书籍，都没有找到任何一种能把小岛升起来的魔法。因为她从来没有见过有人用魔法做这样的事情。格琳达打算自己亲自尝试一下，于是她做了一个模型小岛，同样也在模型小岛上

覆盖了一座玻璃圆顶房，就和奥兹玛她们的处境一模一样，再把小岛沉在了水里。格琳达想通过魔法把它升起来，她实验了好多次，但是都失败了。看起来很简单的事情，可就是很难办到。

不过，这个聪明的女巫并没有灰心放弃，她一定要想办法救出她的朋友。最后，她觉得最好的办法就是亲自到斯基泽岛去看一看。也许亲自到了那里，她就能发现一个好方法来解决这个难题了，把困在湖底的奥兹玛和多萝茜给救出来。

于是，格琳达召唤来飞鸟和空中飞车，告诉侍女们，她要出趟远门，也许一时半会儿回不来。然后她钻进空中飞车，指挥着飞鸟朝着翡翠城飞去了。

奥兹玛公主的王宫里，稻草人正在执行奥兹国代理统治者的职责。其实所有的政事进行得都很有秩序，他并没有太多的事情可以做。但是他一刻都不敢离开王宫，担心会有什么不可预测的事情发生。

格琳达刚到达的时候，稻草人正和特洛特、贝翠·鲍宾玩槌球。特洛特和贝翠·鲍宾是两个住在奥兹王宫里的小姑娘，被奥兹玛保护着。她们和多萝茜是非常要好的朋友，奥兹国所有人都喜欢她们。

女巫格琳达的车子从天而降，在他们身边停了下来。特洛特大声叫道："天啊，肯定出事了！格琳达平常没事儿的时候从来都不会来这里！"

"希望奥兹玛和多萝茜她们没遇到什么危险。"贝翠也在一旁焦急地说。这时女巫从车上轻快地跳了下来。

格琳达走到稻草人面前，把奥兹玛和多萝茜的遭遇和情况告诉了他，说道："稻草人，我们一定要想办法救出她们。"

稻草人回答说："那是当然！"

他不小心在槌球的一个小铁门上绊了一下，画出来的脸摔在了地上。两个小姑娘连忙把他扶起来，他就像没事人一样，从容地整理好自己，接着说道："可是我不知道应该怎么办，我长这么大也没有把一座岛抬起来过，你可以告诉我我需要做什么。"

格琳达想了想说："我们必须尽快开个国务会，派人送信给奥兹玛所有的顾问，让他们来这里。我们大家集思广益，一起商量怎么救出奥兹玛她们。"

听格琳达说完，稻草人就立即派人送信去了。还好大部分王室顾问都住在翡翠城附近，这样就方便了许多，他们当天夜里就在王宫觐见室里开会了。

第十四章

奥兹玛的顾问们

从来都没有一个统治者像奥兹玛这样，身边聚集着这么多奇奇怪怪的顾问。的确，任何一个国家都不会有这么多奇怪的人，他们每个人都有各自的特点，而奥兹玛也给予他们每一个人同样的尊重和信任。

第一个是铁皮樵夫，之所以这么称呼他，是因为他全身上下都是铁皮做的，擦得亮闪闪的。所有的关节活动部位都上满了润滑油，活动起来非常灵活。他还带着一把磨得锃光瓦亮的斧头，那是他樵夫身份的象征。不过他的住处是在奥兹国温基领地的一座华丽精美的铁皮城堡里，他是温基人的国王，所以很少用斧头。铁皮

樵夫的名字叫尼克·乔伯，脑子很聪明，不过心不怎么样。因此他一直都很注意，尽量不去做任何伤害别人感情的事情。

第二个人叫斯克丽普丝，她是用漂亮的碎布缝接起来的，被裁剪成人的形状，身体里塞满了棉花，人们称她为奥兹国的碎布姑娘。她聪明伶俐，幽默诙谐，喜欢搞一些恶作剧，许多人都以为她是一个疯子。碎布姑娘斯克丽普丝不管在什么场合，什么危急的情况下，都是笑嘻嘻的样子。她的笑声能给人鼓励，平常她看似无意说出的话往往包含着某种智慧。

还有一个邋遢人，他的头发、胡子、衣服、鞋子都邋遢得不像话。但是为人善良，性格温柔，是奥兹玛忠诚的支持者之一。

滴答人也是一个奇怪的顾问，他是一个铜人，身体里装满了发条，他的身体设计得非常巧妙，说话、行走、思考分别是由三个时钟结构控制的。滴答人是个很靠谱的铜人，只要上紧时钟的发条，他就会一丝不苟地按照规定办理事情，丝毫不差。但是有时候他的发条变松了，他就束手无策了，除非有人帮他上紧一下发条。

南瓜人杰克也很独特，他是奥兹玛最早的伙伴之一，曾经多次陪着奥兹玛冒险。杰克的身体很简陋，是用木钉子把不同大小长短的树枝连接起来制成的。虽然是木头做的，但他的身体很结实，根本不用担心他会摔坏。他从不知疲倦，穿上衣服后，大部分简陋的躯体都会被遮住。你肯定猜到了，南瓜人的头肯定是成熟的南瓜做的，南瓜的一面刻着眼睛、鼻子和嘴巴。只是南瓜头插在木头脖子上，不怎么牢固，很容易错位，他只好用木头手时不时地扶一下。

杰克的脑袋面临的最大问题是保存期限，南瓜过一段时间就会腐烂。所以杰克平时最重要的事情就是种好多优质的南瓜，每当旧脑袋快要腐烂的时候，他就从种的南瓜地里挑选一个合适的南瓜，在上面刻上眼睛、鼻子、嘴巴，用来替换他快要坏掉的脑袋。但他从来都不会刻重复的表情，每次都会有些变化，朋友们谁都不知道他下一个南瓜脸又是什么表情。不过谁都不会不认识他，因为整个奥兹国只有他一个南瓜人。

另外还有一个独脚水手，他叫比尔船长。比尔是和特洛特一起来到奥兹国的，因为他的聪明、善良、诚实而受到这里人的欢迎。他装了一条木腿，用来代替他失去的那条腿。他能用刀子削出各种好玩儿的玩具，所以小孩子们尤其喜欢他。

H.M. 环状甲虫 T.E. 教授也是顾问之一。"H.M." 的意思是"放大许多倍"。教授原来是一只很小的甲虫，后来被放大后，和人类大小差不多，直到现在都保持这个样子。"T.E." 的意思是"受过完整教育"。他还是奥兹玛公主的皇家体育学院的院长。环状甲虫教授发明了著名的教育药丸。有了教育药丸，学生们就不用浪费时间去学习了，而是可以尽情地踢足球、玩垒球或者其他体育运动。如果一个学生在吃过早饭的时候服用一颗地理药丸，他一下子就可以学会地理了；如果他吃一颗拼写药丸，他一下子就可以学会拼写；还有算术药丸，能帮助学生很快地算出想要的算术答案。

这些神奇的教育药丸在学院里很受欢迎，因为它帮助奥兹国的孩子们用最简单的方法学到知识。虽然如此，环状甲虫教授到了校外却不怎么招人待见，因为他动不动就炫耀自己多么多么聪明，多么多么渊博，非常傲慢自大，没有人愿意和他走得太近。但是奥兹玛认为他是顾问委员会里不可或缺的一位。

在这些顾问里打扮得最漂亮的要数一只青蛙，他的身形和人类一样大，人们叫他青蛙人。他来自奥兹国的耶普，是一个贵宾，还经常说一些精辟的格言。说起他的打扮，他穿着的长燕尾服是用天鹅绒制作的，背心和裤子是绸缎做的，他的鞋子上还钉着闪亮的钻石扣子。此外，他手里还拿着一根金头拐杖，头上顶着一个丝绸高顶帽。他这一身服装包含所有艳丽的色彩，刚开始认识他的人们会觉得他的衣服很耀眼，让人看着晕眩，后来人们才慢慢习惯他这样华丽的打扮。

亨利叔叔是多萝茜的亲叔叔，他是奥兹国里最好的农夫。如今和他的妻子爱姆婶婶一起住在翡翠城附近。亨利叔叔教奥兹国的人们种出最好的蔬菜、水果和粮食，为奥兹国农业的发展做出了很大的贡献。

小个子魔法师要放到最后来说，因为他可是顾问里最重要的人物。他的身材虽然不高大，但是头脑很聪明，还会很多神奇的魔法，仅次于女亚

格琳达。在整个奥兹国只有他们两人有权使用魔法，为人民造福。所以他可是一位大人物。

这位小个子魔法师并不漂亮，但看起来让人感觉很舒服。他秃顶的地方亮得发光，好像涂了一层漆；他的眼睛一眨一眨很机灵，活泼得就像一个小男孩。多萝茜说，他的本领之所以不像格琳达那么大，是因为格琳达并没有教给他所有的魔法。不过对于男魔法师来说，应该掌握的一切，他都运用自如，所以他的魔法很优秀。

那天傍晚，在吃过晚饭之后，我刚才介绍的这十位顾问和稻草人、格琳达他们聚在一起，坐在奥兹玛的觐见室里开会。女巫格琳达把奥兹玛和多萝茜被困的事情详细地告诉了他们。

"我们必须要去救她们，尽早行动，让她们不至于被困太久。把你们聚集起来，就是为了眼下这件棘手的事情，主要是要想出一个好办法，商量一下如何去救她们。"格琳达说道。

"最简单的方法就是把岛从水里升上来。"邋遢人说。

"怎么个升法？"格琳达问。

"我不知道，我可从来没有升起过一座岛。"

"不如我们一块儿潜水到岛下，把它抬起来。"环状甲虫教授说道。

格琳达摇了摇头，说道："行不通，小岛紧贴着湖底，我们没办法潜到岛下去。"

"我们能不能用一根绳子把它拉上来呢？"南瓜人绷着奇怪的表情说道。

"干脆把湖水抽干就好了。"碎布姑娘咯咯咯地笑着说道。

"认真一些！奥兹玛公主现在面临的问题很严重！"格琳达说。

"湖有多大，岛又有多大呢？"青蛙人问道。

"大家都没去过那里，不可能知道啊！"

"如果是这样的话，那我们还是亲自去一趟斯基泽岛，亲眼看个究竟比较好。"稻草人说。

"我同意。"铁皮樵夫说。

"我们……一定……得……得……去一趟。"滴答人结巴着说道。

"我们派谁过去呢？去多少人呢？"小个子魔法师说。

"我啊，我一定要去。"稻草人立马站起来说。

"算我一个。"碎布姑娘斯克丽普丝说。

"我有保护奥兹玛公主的责任，我也要去。"铁皮樵夫说。

"如果可爱的奥兹玛公主遇到了危险，我当然不能袖手旁观。"小个子魔法师说。

"我们的感觉都是如此，那不如大家都去好了。"亨利叔叔说。

最后大家一致决定，所有的人一起去斯基泽。带头的是会魔法的格琳达和小个子魔法师。魔法的力量是最重要的，魔法还需要用魔法战胜。所以为了这次征途的成功，他们两个法力高强的魔法师担任着主力。

大家都没有什么要紧事情需要处理，因此准备工作做得很快。现在眼下最重要的是帮助奥兹玛，大家都很着急。杰克换了一只新鲜的南瓜头，稻草人在身体里塞满了新鲜的稻草，滴答人上紧了发条，铁皮樵夫也在自己的关节上涂满了润滑油。

"去往斯基泽的路程很远，虽然我有空中飞车，能很快飞到那里，但是你们都得长途跋涉才能赶到。我提前去也做不了什么，所以我们要一起行动，我先把空中飞车送回城堡去，明天一早太阳升起的时候我们就一起出发。"格琳达安排好了第二天的计划。

第十五章

了不起的女巫

听说大家要去救奥兹玛和多萝茜，贝翠和特洛特央求小个子魔法师把她们也带上。小个子魔法师答应了他们的请求。玻璃猫偷听到他们的话，也跟着一起去了。

玻璃猫是由一个名叫皮普特博士的魔法师发明的，奥兹国严禁使用魔法后，皮普特就只是翡翠城里的一个普通公民。玻璃猫是奥兹国里最神奇的动物，是用透明的玻璃做成的，身体里跳动的红宝石心脏和头部粉红色的脑子清晰无比。眼睛是翡翠的，尾巴是玻璃丝的，精致极了。红宝石心脏看起来赏心悦目，但是冷硬无比。玻璃猫从不会谄媚地讨人喜欢。她瞧不上只会抓老鼠的猫，从不吃东西，奇懒无比。她尤其喜欢听人夸奖，你只要夸她漂亮，她对你就非常友好。玻璃猫的粉红色脑子转动着，彰显着她的聪明机智。

第二天早晨，他们正要出发的时候，又来了三个人。一个是小男孩亮纽扣，他真正的名字已经被遗忘。他是一个脾气温顺的小大人，很讨人喜

欢，不过他也有一个很大的弱点——是一个十足的路痴。尽管他每次走丢了最终都会被找回来，但是朋友们还是担心不已。

碎布姑娘如此评价他："总有一天他走丢后，会永远找不回来的。那时候就是他的末日降临。"不过，心思简单的小男孩亮纽扣并不十分担心，他估计也改不了路痴的毛病。

第二个是名叫奥乔的蒙奇金男孩，年龄和亮纽扣差不多。他的运气非常好，人们称他"幸运儿奥乔"。他和亮纽扣的性格截然不同，不过这并不影响他们成为好朋友。特洛特和贝翠很喜欢他们。

第三个是奥兹玛忠诚的守卫者——胆小狮，他在奥兹国里是最聪明的动物，地位举足轻重。他总说自己的胆子小得可怜，一丁点儿的危险都吓得心直跳。不过其实熟悉他的人都知道，他的胆小总是伴随着勇敢。无论遇到什么危险，他总会坚强地勇敢面对。当多萝茜和奥兹玛遇到危险的时候，总是他去救她们。成功后，他又吓得浑身哆嗦，呻吟哭泣。

"奥兹玛需要我的帮助，路上我也能帮大家的忙。特别是特洛特和贝翠，

路上或许有危险的地方会用到我。我特别熟悉吉利金那个野蛮的地方。那里的森林里有许多凶猛的野兽。"胆小狮说道。

大家对胆小狮的到来表示热烈欢迎，斗志昂扬地踏上了此次征途。翡翠城的居民在路边欢送他们，衷心地希望他们可以顺利解救他们的统治者，安全回来。

他们选择的道路和奥兹玛、多萝茜选择的道路截然不同。这条路从温基一直向北通往乌盖布。在半路上他们左拐到吉利金森林，那里是奥兹国境内最荒凉的地方。虽然胆小狮以前经常在这个森林里溜达玩耍，但是依然不得不承认，森林里的某些地方他也从没去过。旅行家稻草人和铁皮樵夫也没来过这里。

救援队的成员里总有人状况不断，因此走了漫长的路途后，他们才来到这个森林里。碎布姑娘脚步像羽毛一样轻盈；铁皮樵夫和亨利叔叔、小个子魔法师一样步履沉稳；但是滴答人却走得很慢，道路上稍微有一点儿

障碍，他都越不过去，只能等着别人把障碍物清除后再通过。再有，他身体里的发条还总是松弛，贝翠和特洛特不得不轮流帮他把发条上紧。

稻草人更是步履维艰，还好他不用别人帮忙。每次摔倒后，自己爬起来扑棱扑棱稻草身体，就恢复了原形。

南瓜人杰克也遇到了麻烦，他走着走着，脖子上的头就会转到另一边，走的方向也就跟着改变了。幸好有青蛙人扶着他，才能跟上队伍不掉队。比尔船长走得很快，尽管他有一条腿是木头做的，却丝毫没有影响他的行程。

走进森林里，胆小狮在前面开路。森林里有一些动物走出的路，但是没有人走的路。只有久居森林中的狮子，才可以辨认出这些道路，因此他走在了最前面。狮子的身后就是格琳达，其他人紧随在后面，弯弯曲曲地排成一行，不断前行。

因为狮子在前方引路，森林里的野兽不敢轻易袭击他们。有一次，一只猎豹用爪子一把摁住了玻璃猫，张开大嘴咬了下去，结果崩断了自己的几颗牙齿，疼得嗷嗷直叫唤，撒开爪子跑掉了。

特洛特关心地问玻璃猫："哎呀！你疼不疼？"

"你简直是没长脑子啊！有什么东西能让玻璃疼吗？我非常结实，没那么容易碎掉。我只是生气那只傻豹子，它太不尊重我的美丽和聪明了。它要是看到我转动着的粉红色大脑，就会明白一件事情——像我这么高贵的猫是不能让野兽的爪子亵渎的。"玻璃猫生气地发着牢骚。

特洛特安慰她道："不要生气了，我相信它以后肯定再也不敢了。"

就在他们即将走到森林中心的时候，蒙奇金男孩奥乔忽然开口说："呀，亮纽扣去哪里了？怎么不见了？"

大家赶紧停下来，前后左右地张望，谁都没发现亮纽扣的踪影。

贝翠大叫起来："我的老天，我就知道他肯定又走丢了！"

格琳达问："奥乔，你最后看到他是什么时候？"

"就不大一会儿，他在队伍的后面，朝树上的松鼠抛树枝呢！我之后跟贝翠和特洛特说话，就发现他没影儿了。"奥乔说。

小个子魔法师担忧地说："真是糟糕！我们前进的路程又得耽误了，只有找到亮纽扣，我们才能继续前进。这个森林里有很多猛兽，如果那个小家伙遇到那些猛兽的话，一定会被撕成碎片的。"

"那我们现在该怎么办？无论我们谁去找他，都会成为猛兽的盘中餐。要是让狮子去的话，我们又没人保护了。"稻草人纠结地说。

青蛙人提出一个建议："我们可以让玻璃猫去找，野兽对她没有什么威胁，这个刚才已经得到证实了。"

小个子魔法师问格琳达："你的法术可以发现亮纽扣的位置吗？"

"我觉得没问题。"格琳达女巫说。

格琳达把亨利叔叔喊过来，打开他替她背着的柳条箱子，取出一面小小的镜子。她在镜子上撒了一层白色的粉末，然后用手帕擦掉粉末，看镜子里的影像。只见镜子里出现了一片森林，亮纽扣正躺在一棵树冠茂密的大树下睡觉呢！他身体的一边蹲着一只蓄势待发的老虎，另一边蹲着一匹龇着牙的恶狼，白森森的牙齿闪着吓人的光芒。

大家都看到了镜子里的可怕画面，特洛特从格琳达的身后看去，吓得叫出声来："我的老天爷，太可怕了！它们要吃掉那个小家伙了。"

稻草人悲伤地说："太糟糕了，太糟糕了！"

比尔船长叹了一口气，说："唉！还是走丢了。"

蛙人用紫色手帕擦着眼泪，哽咽地说："估计他的小命要没了！"

幸运儿奥乔问："那他到底在什么地方？我们不能去救他吗？"

"我们要是知道他的准确位置，就可以去救他啊！但是那棵树看起来和别的树没什么区别，我们根本分辨不出来是远还是近。"小个子魔法师说道。

这时，贝翠大叫了一声："快看格琳达！"

格琳达把镜子让小个子魔法师拿着，走到旁边优美地伸开了双臂，不断做着某种奇怪的动作，口中小声地念着动听的咒语，声音悠扬悦耳。大家都紧张地注视着格琳达，把救亮纽扣仅有的希望都寄托在了她的身上。

小个子魔法师在镜子中关注着亮纽扣的情况，特洛特、稻草人和邋遢人也在后面偷偷看着。和格琳达的动作相比，镜子里的景象更奇怪。老虎朝熟睡的小男孩扑过去，结果一下子倒在地上，一动不动了。恶狼也浑身无力地趴在地上，在原地徒劳地挣扎着，生气地嗷嗷直叫。他们听不到镜中猛兽的嘶吼声，但是可以清楚地看到猛兽张大的嘴巴，甚至连那猛兽不断抖动的嘴唇也清晰可见。亮纽扣距离恶狼只有几步之遥，恶狼愤怒的嘶叫声惊醒了美梦中的亮纽扣。

小男孩睁开眼睛看了看身边的老虎和恶狼。有那么一瞬间，脸上显出了惊慌的表情，不过很快他就发现两只猛兽根本靠近不了他。他好奇地站起身来，仔细看了看它们，开始坏笑起来。他用脚故意踢了踢老虎的头，又捡起一根树枝使劲儿抽了恶狼几下。两只猛兽非常生气，但是又无力反抗。

亮纽扣把树枝扔掉，双手插在口袋里，好像什么事情也没发生一样，扭头离开了。

格琳达用手指着一个方向，说："他在那个方向，赶快让玻璃猫去找他！不过我不知道具体有多远，现在只能尽快把他找回来。"

玻璃猫从不服从什么人的命令，不过她在优秀的女巫面前，还是畏惧地低下了高傲的头颅。格琳达刚说完这话，玻璃猫就像离弦的箭一样冲出去找亮纽扣去了，一刻也不敢耽搁。

魔镜中的景象已经消失了，小个子魔法师把魔镜还给了格琳达。疲惫的人们一边坐下休息，一边等待着亮纽扣回来。很快，他就从树林里走了出来，回到了大家的队伍中。

他气哼哼地说："以后可不要让玻璃猫来找我了，她真是傲慢无礼极了，幸亏我们都知道她向来如此，否则我真得抱怨一下，她伤害了我的自尊心。"

格琳达严肃地看着亮纽扣，说道："大家都很担心你，你能摆脱危险是因为我用魔法救了你，以后你可别再走丢了。"

"我知道，可是要是再走丢了，我也无能为力。这次走丢也不全是我的责任啊！"他答应道。

第十六章

着魔的鱼

　　我现在要告诉大家的是，就在库伊欧女王被平顶头大王用魔法变成钻石天鹅后，困在潜水艇里的欧维克和其他三个斯基泽人的事情。

　　四个斯基泽人都是年轻的小伙子，欧维克是他们的头领。库伊欧女王带着他们，本来指望着当她用银色魔绳抓住平顶头大王后，他们可以帮上一点儿忙。他们对操控潜水艇的咒语一无所知，结果就一直无奈地在湖面上漂浮着，被彻底抛弃了。他们无法让潜水艇潜入水底，更没办法开回沉没的岛屿。小艇里没有船桨、船帆，没办法抛锚，只能任其在湖面上漂浮着。

　　钻石天鹅早就把她的子民抛到了脑

后，丝毫不关心他们的遭遇。她在湖的另一边悠闲地游来游去。无论欧维克他们怎么呼唤企求，都毫无反应。几个年轻人束手无策，只能傻傻地在潜水艇里等着别人来救他们。

平顶头人早就回到了平顶山上，不愿意收留他们。其他斯基泽人都困在大圆顶里，连自己都顾不上，更别提救他们了。夜幕就要降临了，他们看到钻石天鹅从湖里出来，登上了对岸的沙滩，抖了抖耀眼的钻石羽毛，钻到灌木丛里，睡觉去了。

欧维克说："我好饿！"

"我好冷！"一个斯基泽人说。

"我好累！"又一个斯基泽人说。

"我好怕！"最后一个人也说道。

一味地抱怨一点儿用处都没有。夜晚还是来临了，月亮升起，月光洒在湖面上，仿佛一层银纱笼罩。

"你们睡觉吧！我来守夜，或许有人会来救我们。"欧维克对他的伙伴们说。

其他三个人躺在潜水艇里，没一会儿就进入了梦乡。欧维克趴在船头上，稍作休息。他的脸庞贴着湖水，回想着白天发生的一切，恍如一场梦境。那些困在大圆顶里的人们也不知道境况如何。

就在这时，距离欧维克的眼睛不到一英尺的水面上，一条小金鱼冒了出来，接着一条小银鱼也在旁边伸出了头，然后又冒出了一条小铜鱼的头。三条小鱼整齐地排列着，瞪着圆圆的眼睛盯着欧维克看。斯基泽人欧维克吃惊地瞪大了眼睛。

"我们本来是三大魔法师，因为被库伊欧女王陷害，被她变成了这个模样。"金鱼娓娓道来，在这个寂静的夜晚，声音尤其清晰。

"我知道库伊欧女王的行为很可恶，你们太不幸了，我很同情你们。话说回来，你们被变成鱼后就一直待在这个湖里吗？"欧维克说。

"是的。"

欧维克不知道应该如何安慰他们，磕磕巴巴地犹豫着说道："我……我

希望你们能过得好……嗯……过得好些!"

铜鱼开口道:"总有一天库伊欧会为她的恶行付出代价的。我们一直等着这一天的到来,现在终于实现了。你如果诚实守信,可以帮助我们变回原形,如此这般你和你的人民也可以摆脱眼前的危难。"

欧维克答应道:"当然可以,我会尽我最大的努力帮助你们。你们可以放心。但是你们也知道,我既不是巫师,也不会魔法啊!"

"你只需要听我们的吩咐做事就行。我们让你干什么,你就干什么。你的诚实是毋庸置疑的。我们知道你之所以替库伊欧效命,也是被她压迫的,是无可奈何的事情。你只要听我们的,一切都会变好的。"银鱼说。

欧维克坚定地承诺说:"我可以发誓,你们可以告诉我首先要干什么事情。"

金鱼说:"你先把库伊欧变形时掉在潜水艇里的银色魔绳拿来,把银色魔绳的一头拴在潜水艇上,另一头扔给我们。我们可以把潜水艇拉上岸。"

欧维克虽然对三条小鱼的力气能否拉动庞大的潜水艇持怀疑态度,不过他依然听从三条鱼的吩咐做了。三条小鱼用嘴咬住绳子,往岸边游去。那里正是平顶头人打败库伊欧女王的地方。

开始的时候,虽然三条鱼绷着劲儿使劲儿拉,但是潜水艇一动也不动。

不过很快绳子就绷紧了，潜水艇开始慢慢地移动起来，然后越来越快，向着岸边滑行。在距离岸边的沙滩还有几英尺的地方，三条小鱼松开了绳子，游到旁边。潜水艇一直向前滑到了湖岸的沙滩上，搁浅在那里。

欧维克趴在潜水艇边上，对小鱼说："然后我要干什么呢？"

银鱼说道："沙滩上有一个苏迪克落下的铜桶，你去找到它。因为里面装过毒药，所以你要把它用湖水清洗得干干净净才行。然后装上干净的水，提到这里把我们装到桶里去。下一步一会儿再说。"

"你的意思是说让我抓住你们？"欧维克吃惊地说。

"没错！"

欧维克从潜水艇上跳了下来，找到了那只铜桶，用沙子把沾上的毒药擦干净，又在远处的水域把桶反复清洗干净。

等他回到潜水艇时，另外三个伙伴还在熟睡，根本不知道身边正在发生的事情，也不知道三条鱼的出现。欧维克紧紧抓着桶把儿，把桶沉到水里。三条小鱼游进桶里后，他用力提上来，又倒掉了一部分水，以免水太满了溢出来。

做完这些，他对三条鱼问道："接下来我要做什么？"

"你拎着桶上岸，沿湖边往东走一百步，可以看到一条穿过草地的曲折

小路。你沿着小路一直走，看到一间紫色墙壁、白色装饰的屋子就停下来。然后我们会告诉你接下来要做的事情。记住，你得十分小心，千万别摔倒了，把桶里的水洒了。否则我们的命可就没了，你之前做的所有事情也就没有意义了。"金鱼叮嘱说。

欧维克点头答应一定会按照她们的吩咐去做。他留下三个伙伴们，让他们继续睡觉，自己小心翼翼地跨过他们的身体，独自上岸了。他往东走了一百步，一步不多，一步不少。借着明亮的月光，欧维克很快就找到了那条被野草覆盖着的小路。路很窄，估计很少有人走。只有用脚踩上去的时候，才能看到一些踪迹。欧维克并不怎么费力地沿着它向前走着。他走过一片杂草丛生的宽阔草地，翻过一座高山，穿过一个峡谷，又翻过一座高山，穿过一个峡谷。

欧维克觉得自己走啊走啊，走了好远的距离。月亮已经下沉，终于在黎明即将到来的时候，在路边看到一座紫色墙壁的屋子。这个小屋子看起来很漂亮，周围的田地一片荒芜，也没有其他房屋，很明显没有什么农夫在这里居住。也是，没有人愿意在这么荒芜的地方居住！

这些问题都不是欧维克需要思考的，他走到屋子的门口，轻轻地放下水桶，弯下腰对三条小鱼说："现在我要干什么呢？"

第十七章

大圆顶下

格琳达带着伙伴们选择了穿过大森林的那条路，距离奥兹玛和多萝茜走的那条路很远。他们来到了平顶头人的魔法山，在山的右面停下来商量，是先找苏迪克还是先到斯基泽湖。

小个子魔法师说："如果我们现在选择上山的话，坏蛋苏迪克一定会为难我们，这样就会耽误救奥兹玛和多萝茜的时间。因此，我觉得我们还是直接去斯基泽比较好，把沉没的岛屿抬起来，把我们的朋友和困在那里的斯基泽人救出来。然后再去平顶山上，惩罚那个邪恶的魔法师苏迪克。"

"我觉得你说得很有道理，那我们就这样做吧！"邋遢人赞同道。

大家也都同意小个子魔法师的提议，格琳达也同意。于是他们一起走向挡住斯基泽湖的那一排棕榈树。没用多长时间就走到了棕榈树前，那些棕榈树长得很茂密，树枝交缠，快要垂到地面上了。就是身形很小的玻璃猫要想钻过去都很困难。这里距离平顶头人开辟的那条小路还有很远的距离。

"看起来铁皮樵夫可以上了！"稻草人说。

铁皮樵夫很高兴自己可以发挥作用，他举起锋利的斧头，很快就把树枝砍掉一大片，大家顺利穿过了棕榈树林，来到了斯基泽湖边。

清澈的湖水波光粼粼，湖中央沉没的大圆顶距离岸边很远，隐约可以看到轮廓。大家首先关注的是大圆顶，因为那里面困着奥兹玛、多萝茜和斯基泽人民。此时，一个闪着耀眼光芒的东西转移了他们的注意力。那是在湖面上游着的钻石天鹅。她高傲地昂着头，弓着修长的脖子，钻石羽毛在阳光的照耀下亮闪闪的刺眼，紫石英眼睛漂亮极了。

格琳达说："这就是那个自大邪恶的库伊欧女王变的，她背叛了三大魔

法师，压迫着她的子民。"

"哇，她现在可真漂亮！"青蛙人感慨道。

特洛特说："我倒觉得苏迪克应该把她变成一只癞蛤蟆，现在这个样子不像是惩罚啊！"

"她没有了魔法，失去了华丽的宫殿，而且无法压迫那些可怜的斯基泽人。这对库伊欧来说无不是一种惩罚。"格琳达说。

"我们喊她一下，听听她会说些什么。"小个子魔法师说。

于是，格琳达向钻石天鹅打起了招呼。此时她正游到距离他们不远的一个地方。别人还没开口说话的时候，库伊欧已经用沙哑、刺耳的声音朝他们叫唤起来（天鹅的声音本来就是沙哑、刺耳的）："陌生人，羡慕我吧！高贵美丽又善良的库伊欧是奥兹国最美丽的动物。快来羡慕我吧！"

"美丽是没错，不过库伊欧，你真的觉得你做的事情善良吗？"稻草人说。

"做的什么事情？天鹅只需要优雅地游来游去，让别人欣赏它的美丽就可以了啊！还要做别的什么事情吗？"库伊欧困惑地说。

"你难道忘了你当初是做什么的了吗？你的魔法和巫术也全部忘了？"小个子魔法师问道。

库伊欧理直气壮地说："魔法？巫术？嘿，那是什么无聊的事情？……哎呀！我的过去就像一场噩梦。即使时光可以倒流，我也不想回到过去了。陌生的人啊！你们羡慕我的美丽吗？"

"库伊欧，你诚实地告诉我们，你是不是还记得你的巫术，教给我们如何把沉没的岛屿升到湖面上吧。只要你告诉我们这个秘密，我就送给你一串漂亮的项链，你把它戴到脖子上，这样你就更漂亮了。"格琳达诚恳地说道。

"哦，我现在已经是全世界最美丽的动物了，我已经不需要任何多余的东西来增加我的美丽。"

"但是我们要想使沉没的岛屿升起来，要如何做呢？"

"我不知道，这和我有什么关系？即使我以前知道，现在也都忘记了。

忘了这件事，我觉得很开心。你们还是欣赏一下我优美的身姿、耀眼的羽毛吧！我再给你们游两圈儿！"钻石天鹅说。

亮纽扣嘟囔着说："我看这件事情很难，这只天鹅只知道炫耀自己，其他的都抛到九霄云外了。"

贝翠赞同道："没错，可是我们还是要想办法救奥兹玛和多萝茜啊！她们还被困在湖底呢！"

"看起来那我们得自己想办法了。"稻草人说。

亨利叔叔想到他可爱的小侄女多萝茜还被困在湖底，无比忧心地说："哎呀，到底有什么好办法呢？我们应该怎么办？"

"现在只能靠格琳达了，让她好好想一想。"小个子魔法师已经束手无策了。

法术最厉害的格琳达说："如果这是一座普普通通的岛屿，要想使它升起来我有好几种方法。可是，这是一座魔法岛，只有某种特殊的魔法才能让它升起来。这种魔法别的人都不知道，只有库伊欧自己知道。除了这个咒语，其他的咒语都没用。我不是说失去了希望，不过要想解决这个问题，还是要仔细研究一下。倘若钻石天鹅还记得她当初是女巫时发明的咒语，我可以迫使她告诉我。问题是她已经忘记了原来的东西。"

大家听了格琳达的话都安静下来了。过了一会儿，小个子魔法师打破了沉默，说道："我记得斯基泽湖里有三大魔法师变成的三条鱼。库伊欧的魔法绝大部分都是从她们那里偷学的。我们如果可以找到那三条鱼，把她们变回原来的样子。她们一定可以帮我们把岛屿升上来。"

格琳达说："我也想到了这三条鱼，可是湖里的鱼有千万条，我们如何才能找到那三条呢？"

也许你会想，要是格琳达还在城堡里的话，只要翻一下记事簿，就可以知道那三条鱼已经被斯基泽人欧维克从湖里给救走了。但是格琳达此时并不在城堡里，这件事发生的时候她已经离开了城堡，因此根本无法得知这件事。

蒙奇金男孩奥乔指着湖边说："你们瞧，那里有一艘小艇。我们把那艘小艇弄来，坐着它在湖上转一圈，喊一下，没准儿就可以找到那三条鱼了。"

小个子魔法师觉得可行，说道："那我们过去看一看！"

他们沿着湖岸走到搁浅在湖岸上的潜水艇旁边。发现那只潜水艇的外壳是黑色的钢做的，防水的顶盖已经塌陷。里面是空的，没有船桨、船帆，也没有发动机，根本没办法驾驶。格琳达只看了一眼，就知道这种潜水艇是靠魔法驾驶的，但是她却不会这种魔法。

她说："这艘小艇只是潜水艇而已，我或许可以用我的魔法试一下，看看能不能成功操控它。我需要想一想，成功的话它就可以带着我们到处走了。"

"哦，它看起来可装不下我们这里所有的人。不过，伟大的格琳达，就算你能成功驾驶它，我们能用它干什么呢？"小个子魔法师问道。

"用它抓那三条鱼，不行吗？"亮纽扣说。

"用不着，那三条鱼只要还在湖里的某个地方，就能听到我的召唤。我现在疑惑的是，这艘潜水艇本应该在那个沉没的岛屿上，它是怎么到岸上

的？岛屿沉没前后，难道库伊欧已经驾驶着它和平顶头人面对面地较量过了？"格琳达说。此时没人能回答她的问题。

就在他们商量对策的时候，棕榈树林边走来三个年轻人，他们害羞地向格琳达一行人行了礼。

小个子魔法师问："你们是谁？从哪里来的？"

其中一个人回答说："我们都是斯基泽人，就住在斯基泽湖里的魔岛上。你们是陌生人，因此我们看到你们过来，就躲到了棕榈树后。不过你们看起来很善良，也很友好，所以我们就出来了。我们需要得到帮助来解决眼前的困境。"

"你们不是魔岛上的人吗？为什么在这里呢？"格琳达问。

他们把事情的全部经过都告诉了格琳达：库伊欧女王是如何把岛屿沉到湖底的，如此这般平顶头人就无法攻击到魔岛了；库伊欧女王又是如何带着他们几个人，还有他们的朋友欧维克，乘坐着潜水艇从沉岛的地下室里发射出来，和苏迪克正面较量的；这艘潜水艇是如何在咒语的操纵下升到湖面上，又为什么打开舱门，在湖面上漂浮的。

听了他们的话，格琳达一行人已经了解了事情的整个经过。他们知道苏迪克是如何把库伊欧变成天鹅的，而她已经把巫术全部忘记了。三个年轻人也提到了在他们睡觉的时候，他们的同伴欧维克不见了，而那艘潜水艇神奇地到了岸上。

他们辛苦地寻找了三天，也没找到欧维克。魔岛沉到了湖底，他们也回不去岛上。没有别的办法，他们只好在潜水艇边等待。

格琳达和小个子魔法师向他们询问了奥兹玛和多萝茜的境况，他们把知道的都说了，推断两个姑娘一定还困在大圆顶下的村子里。大家不用担心她们的安全，奥丽克丝小姐会照顾好她们。邪恶的女王已经无法欺负她们了。

听完他们的话，小个子魔法师对格琳达说："你要是可以用魔法成功驾驶这艘潜水艇，我们能不能开到岛上，下潜到它原来的地下室？不过，就算我们上了岛，也许也救不出她们，没准儿自己也会被困在那里了。"

格琳达肯定地说："这大可不必担心，我如果可以操控潜水艇回去，就可以操控它再出来。那样就可以把奥兹玛和多萝茜救出来了。"

一个斯基泽人有些不满地问："那我们的子民该怎么办？他们还困在里面呢！"

"潜水艇多往返几次，让格琳达把你们的人都救出来就可以了啊！"小个子魔法师说。

另一个斯基泽人问："可是救出来后呢？我们无家可归，只能被平顶头人欺压。"

"这确实是个问题，他们都是奥兹玛的子民，我想奥兹玛一定不会丢下他们不管，独自和多萝茜离开的，也不会让他们失去家园。我觉得最好的办法是找到三条魔法鱼。问一下她们，如何把岛升起来。"格琳达说。

小个子魔法师好像对这个办法不抱什么希望，问道："你打算如何召唤她们？她们真的可以听到你的召唤吗？"

格琳达自信地笑了笑，说："我一定可以想出办法的，我们需要好好研究一下。"

救援队的成员们对格琳达的法力抱有十足的信心，纷纷为她鼓掌加油。

小个子魔法师也赞同道："那就好！伟大的格琳达，请你召唤她们吧！"

第十八章

机智的欧维克

我们再来说一说斯基泽人欧维克。

他把装着三条鱼的铜桶放到那个孤零零的紫色屋子前，问道："接下来我要做什么？"

金鱼从水里冒出来，小声地说道："你先打开门闩，推开门勇敢地走进去。记住，无论你看到什么都不要害怕。那些危险看起来吓人，其实并不会伤害到你。这个房子的主人叫红里拉，是一位法力高强的魔法师，人称'百变大王'。她的外形变幻莫测，想变什么都可以，有时一天之内就变化好几次。我们谁也不知道她本来是什么模样。任何金钱都无法取悦她，友情无法拉拢她，同情更无法打动她。在我们的印象中，她从不帮助别人，当然也不会和别人交恶。她的魔法都用来自娱自乐。如果她让你出去，你千万不能乖乖听话走出去。你要留在屋子里，认真观察她，看她是如何变形的。你如果发现了她的秘密，就偷偷地告诉我们。接下来要怎么做，我们会再告诉你。"

欧维克认真地听完金鱼的话，一口答应下来："没问题！不过你确信她不会伤害到我吗？万一她把我也变形了呢？"

金鱼说道："她或许会把你变形，不过你也无须害怕。那种魔法很容易破解。任何东西都伤害不了你，你只管放心大胆地进去，无论你听到什么看到什么都别害怕。"

欧维克和其他的年轻人一样勇敢，他相信这三条鱼的话。尽管觉得心里突突地跳，他还是拎着水桶，鼓起勇气走进了小屋。他手颤抖着打开门闩，推开门往前走了三大步，来到了屋子的一个房间里，然后停住脚步，观察着四周。

如果不是之前有心理准备，眼前的景象简直可以吓死人。只见地上趴着一条红眼大鳄鱼，张着血盆大口，白森森的牙齿露在外面，恶狠狠地盯着欧维克。长着角的奇怪青蛙蹦来蹦去。屋顶上的墙角里满是蜘蛛网，每个蜘蛛网上都趴着一只张牙舞爪的大蜘蛛，每一只都有脸盆那么大。窗台上趴着一只红绿条纹的蜥蜴。地板上有一个老鼠洞，一只又一只的老鼠在里面来回穿梭。

这其中最吓人的是一只灰色的猴子。它头上戴着老太太常戴的那种花帽子，身上没穿别的衣服，只围了一条花围裙，正坐在椅子上织东西。它的眼睛熠熠发光，好像燃烧的煤块。这只猴子的举动和人一模一样，欧维克进来后，她就停下手里的编织活儿，抬起头盯着他看。

忽然，猴子的嘴里发出一声尖叫："滚出去！"

欧维克看见前面有一张空着的椅子，就迈过大鳄鱼，把桶轻轻地放在身边，稳稳地坐在了椅子上。

尖叫声又响起来："滚出去！"

欧维克摇头说："不，我不会出去的！"

墙角的四只蜘蛛挥舞着爪子冲向了年轻的斯基泽人，围在了他的脚边。

不过，斯基泽青年欧维克稳如泰山，一动也不动。这时，一只黑色的大老鼠又跳到了欧维克的肩膀上，在他的耳朵边尖叫起来。欧维克也不害怕。红绿条纹的蜥蜴从窗台上爬到欧维克身边，嘴里吐出火焰。欧维克静静地看着蜥蜴，火焰也碰不到他的身体。

鳄鱼使劲儿一摆尾巴，把欧维克扫下了椅子。不过他坚持着保护水桶，不让它打翻水桶。之后，他站起来，晃了晃身子，把趴在他身上的长着角的青蛙摇了下来。欧维克又重新坐回了椅子。

第一轮攻击过后，这些怪物们安静了下来，待着不动弹，好像在等着什么指令。这时候，灰色猴子还在不停地织着东西，并不看欧维克。欧维克就这样在椅子上坐了一个小时。本来他以为还会发生什么事情，但是事实并非如此。欧维克有些紧张了。

这时，灰色猴子说话了："你想要什么？"

欧维克回答："我什么也不要。"

"你说出来，也许我能满足你。"灰色猴子说道，它刚说完这话，周围的怪物们就一起咯咯咯地笑起来。

又过了好久，灰色猴子又开口问："你知道我是谁吗？"

"你一定就是百变大王——红里拉。"欧维克说。

"你既然知道我的名字，也一定知道我不喜欢陌生人来我家。我现在很生气，你难道不害怕吗？"

"不怕！"欧维克说。

"我让你出去，你也不听从吗？"

欧维克心平气和地说："是的！"

灰色猴子又开始织东西，过了好久才说："你一定知道我会魔法，因为好奇来到这里的。俗话说得好，好奇心会引来灾难啊！或许有人告诉你，我从不会伤害人。你胆大包天地不听我的命令待在这里，你想看我如何施魔法，找找乐子，是这样吗？"

欧维克脑海中回想了一下来这里的过程，点头说："哦！你说得似乎有些道理，不过也不全对。我听说你变幻外形只是为了自娱自乐。这不是很

自私的行为吗？会魔法的人少之又少。而我听说你是奥兹国里独一无二的百变大王。那你为什么不和别人分享你的快乐呢？"

"你有什么权力来管我？"

"我什么权力也没有。"

"你来这里，难道不是寻求我的帮助吗？"

"我自己完全不需要你的帮助，一点儿也不需要。"

"你很明智，我可从不帮助别人。"

"我没什么可担心的！"欧维克说道。

"你不是非常好奇我是如何变形的吗？"

欧维克说："你要是自己想变形就变啊！我也许感兴趣，也许不感兴趣。你也可以继续织你的东西，我都无所谓，反正我也不着急。"

红里拉被欧维拉说糊涂了，不过花帽子下的毛脸上什么表情也没有。百变大王从来没遇到过像欧维克这样无欲无求的年轻人——只是因为好奇心的驱使，就来拜访她，没有所求，也不抱什么期望，毫无理由。欧维克的做法取悦了她，红里拉的戒备心解除了，她变得友好了许多。

红里拉又织了一会儿东西，好像在思考什么事情，然后站起来走到墙边的柜子旁。打开柜子门，里面是很多抽屉。只见她用毛茸茸的手拉开了倒数第二个抽屉。

此刻，欧维克看到的还是弯腰驼背的灰色猴子。仿佛一刹那间，那个背影就挺拔了起来，把整个柜子都挡住了。灰色猴子变成了一个穿着华丽的吉利金人服饰的女人。她转过身后，欧维克看到她是一个美丽的年轻姑娘，长得很漂亮。

红里拉微笑着说："你喜欢我现在的样子吗？"

欧维克镇定自若地说："这样看起来确实不错，不过我可不敢肯定更喜欢你现在的模样。"

"我在一天中最热的时候，喜欢变成猴子。因为猴子不用穿衣服。不过既然有绅士来访，衣着还是要整齐得体一些。"她笑着说。

此时欧维克发现她的右手里好像攥着什么东西。她把柜子门关好，向大鳄鱼弯了一下腰，鳄鱼就变成了一匹红色的狼。这匹狼像狗一样趴在红里拉身边，长得并不好看，白森森的牙齿像鳄鱼一样，看着很吓人。

红里拉又用手碰了碰房间里的蜥蜴和青蛙，把它们全部变成了小猫。又把老鼠变成了松鼠，唯独还留下四只吓人的大蜘蛛，它们都藏在了蜘蛛网的后面。

红里拉说："你看，现在我的屋子看起来温馨了许多吧！别人一般都不喜欢青蛙、蜥蜴和老鼠，但是我却很喜欢。当然，它们如果一直不变化，我也会厌倦。有时，我一天内会把它们变形十几次。"

"你真厉害，我只看到你用手轻轻碰了下它们，都没听到你念咒语。"欧维克赞叹道。

她得意地笑着说："是吗？你真的这么想的吗？你要是喜欢的话，可以碰一下试试，看看能让它们变形吗？"

欧维克拒绝道："哦，不，我不会魔法，就算会，我也不想模仿你。你是法力高强的百变大王，而我就是个平平凡凡的斯基泽人。"

红里拉听了欧维克的话开心得不得了，她就喜欢听别人夸奖她的巫术。

她又问："现在你还不离开吗？我喜欢独自待着。"

欧维克说："我还是留下来比较好。"

"硬要留在别人家是不礼貌的行为。"

"你说得对！"

红里拉笑着问："你难道还没满足好奇心吗？"

"我也不清楚，你还会其他魔法吗？"

"我会的多了，可是我为什么要展示给你看呢？你只是一个陌生人！"

"确实没有理由展示给我看。"欧维克说。

红里拉疑惑地看着他，说："据你所言你并不会魔法，又很笨，可别妄想偷我的魔法秘密。外面的阳光那么明媚，草原辽阔，花儿芬芳。我的屋子并不漂亮，你为什么非得坐在椅子上招惹我生气。你也知道我并不欢迎你。你的桶里装的是什么？"

他很快地说道："是三条鱼。"

"你从哪里抓来的？"

"就从斯基泽湖里抓的。"

"你抓它们干吗？"

"我要把它们送到我一个朋友家，朋友有三个孩子，小孩子一定喜欢这三条鱼。"

她走到椅子前，看了看桶里，只见鱼儿们正悠闲自在地畅游着。

红里拉夸奖道："啊，多么好看的鱼儿啊！我要把它们变成别的东西。"

斯基泽人欧维克赶紧假装反对，说："哎呀！不行！"

"我最喜欢的就是把东西变形，多有趣啊！我还从没给鱼变形过呢。"

欧维克又说："就让它们保持原来的模样吧！"

"你想把它们变成什么呢？你觉得乌龟怎么样？或者可爱的海马？或者小猪、兔子，荷兰鼠也可以。你要是喜欢，我也能把它们变成小鸡、老鹰或者蓝脸鲣鸟。"

欧维克又肯定地说："就让它们保持原来的模样吧！"

红里拉哈哈大笑起来，说道："你这个客人可真有意思！别人总说我脾

气暴躁、吹毛求疵、性格不合群，事实确实如此。如果你是来寻求我的帮助，有一丝害怕我的魔法，我都会把你骂走。可是你并不需要我的帮助。你也是个不合群、吹毛求疵、很难搞的家伙。我就喜欢你这样的，即使你脾气不好我也忍了。我现在要吃午饭了，你饿不饿？"

事实上欧维克很饿，但是他还是坚定地回答："不饿！"

"那好吧！我不管你了，反正我是饿了！"红里拉说完，就拍了拍手。眼前突然出现了一张铺着亚麻桌布的桌子，上面摆满了各种热气腾腾的美味佳肴。桌子两边各放了一个盘子，红里拉刚落座，房间里的其他动物就都围了上来。狼蹲在她的右边，小猫和松鼠守在她的左边。看来她吃饭的时候，会喂动物们吃东西。

"来吧！陌生人，一起坐下来，享受美味的食物吧！我们可以一边吃东西，一边商量把你的鱼变成什么！"她开心地说道。

欧维克把椅子拉到桌子边，说："它们现在这样挺好的啊！金鱼、银鱼和铜鱼都很漂亮。再没有比漂亮的鱼儿更可爱的生物了。"

"你的意思是连我也没有鱼儿可爱吗？"红里拉笑着问道。

"你是百变大王啊！我也不讨厌你！"欧维克说完就开始津津有味地品尝起美味佳肴。

"你难道不觉得，一个美丽的姑娘要比任何鱼儿都可爱吗？无论那鱼有多漂亮！"

欧维克想了想，说道："哦！你说的好像也有道理。如果你能把三条鱼变成三个会魔法的姑娘，或许我也会很开心。哦！当然也许你做不到，即使你法力高强，也无法做到这样吧！你要是真能做到，也许我会有更大的烦心事。她们要是变成了魔法师，就更不会甘心服从我的命令，做我的奴隶了。也许那时候就是我服从她们的命令，做她们的奴隶了！哦，红里拉小姐，我们绝对不能把鱼儿变形了。"

我们不得不说，欧维克确实很聪明。他很清楚，如果自己表现出着急的样子，想让百变大王把鱼变形，她一定不会真的施展魔法。所以他说不要把它们变成魔法师。

第十九章

百变大王红里拉

吃完饭后，红里拉把她的宠物也喂好了。墙角的四只奇怪的蜘蛛也从蜘蛛网上爬下来享受美食。都吃饱后，红里拉把饭桌变走了。

然后她拿起编织的东西，说道："希望你认真考虑一下，允许我将你的三条鱼变形。"

欧维克明白事情不能操之过急，因此并没有出声回答。他们默默地坐了一下午。红里拉又一次走到柜子前，把手伸到同一个抽屉里。她碰了一下狼，把狼变成了羽毛艳丽的鸟。欧维克从没见过这种鸟，它比鹦鹉要大，长得也不太一样。

那只鸟站在一个木头柱子上，就好像它一直就在这间屋子里似的，知道自己要做什么。红里拉对它发布命令道："唱！"

它就好像一个受过严格训练的演员似的，开始唱起歌来。歌声很好听，欧维克听得津津有味。大约唱了一个小时多，鸟儿停止了唱歌，它把头藏在翅膀下，睡觉去了。红里拉一直在织东西，只是看起来有心事的样子。

欧维克早已注意到了那个带抽屉的柜子，他可以肯定，红里拉一定从那里拿了什么可以施魔法的东西出来。他琢磨，也许他可以一直待在这里，等到红里拉睡着了，他就可以偷偷打开柜子的那个抽屉，无论里面放着什么，都先拿出来再说。然后把东西扔到水桶里，让三条鱼变回原形。他下定决心后，就等着时机到来。

这时候，百变大王红里拉把手里编织的东西放下，走到门口说："我要出去一下，你要和我一起去吗？还是继续留在这里？"

欧维克只是安静地坐在椅子上，没有说话。于是红里拉走了出去，把门也关上了。

她刚走，欧维克就从椅子上站起来，轻手轻脚地走到柜子边。

小猫和松鼠叫起来："小心！小心！只要你碰这里的东西，我们就报告给百变大王。"

欧维克有些犹豫，不过他想只要把三条鱼变回原形，红里拉生气也没什么可怕的。于是，他伸手准备去开柜子的门。就在这时候，三条鱼从水里探出头，大声阻止了他："欧维克，你过来一下！"

他连忙走到水桶边，弯下腰来。

金鱼很严肃地对他说："千万不要去碰柜子。即使你拿到魔法药水也没用，因为只有百变大王知道使用方法。如果能让她把我们变成三个小姑娘，那是最好的方法。只要我们恢复了原形，就可以使用自己的魔法了。小伙子，你很聪明，也很机智，很轻松地就把红里拉哄住了。接下来还是这样继续做，想法子让她将我们变形。不过务必要把我们变成小姑娘！"金鱼说完就又沉到了水底。

这时候，红里拉走了进来。她看到欧维克正趴在水桶边，就问："难道你的鱼会说话吗？"

他说："偶尔说，奥兹国所有的鱼都会说话，它们饿了，刚才和我要些面包吃。"

"给它们些面包没什么问题，但是晚饭时间就要到了，你难道不觉得把它们变成姑娘，让她们和我们一起品尝美味佳肴，不比吃那些干巴巴的面

包屑更好吗？哎……你干吗不同意我将它们变形呢？"

欧维克故意表现出犹豫的样子，然后才说："那……好吧！我征求一下鱼儿的意见，它们要是愿意……为什么……哦，还是让我再想一想吧！"

红里拉弯着腰冲着水桶中的鱼儿说："鱼儿们，你们听得懂我说话吗？"

三条鱼游到水面上探出头来，铜鱼说："我们可以听懂。"

"我打算将你们变形，可以是兔子、乌龟，也可以是小姑娘之类的。可是你们那个笨蛋主人是个心眼坏透了的斯基泽人，他偏偏不同意我这么做。现在就看你们的意见了，你们要是同意，他也就同意了。"

银鱼说："我们愿意变成小姑娘。"

"哦，不！不！"欧维克着急地叫起来。

金鱼也说："你要是可以把我们变成漂亮的小姑娘，我们就同意。"

"哦，不！不！"欧维克又大声叫起来。

铜鱼又说："我们还要变成魔法师。"

红里拉想了想说："我有些搞不明白，嗯……不过魔法师也没有百变大王厉害，我就答应你们吧！"

金鱼向红里拉保证道："你放心！我们不会打扰你施魔法，更不会伤害你，而且我们很愿意做你的好朋友！"

"那如果我想单独待着，无论什么时候让你们离开我的屋子，你们也会听话照做吗？"红里拉问。

三条鱼异口同声地说："当然，我们可以发誓！"

欧维克又故意着急地说："哎呀！哎呀！千万别这样！别答应她让你们变形。"

红里拉高兴地说道："晚了，它们已经答应了！你说过会征求它们的意见，以它们自己的意见为准。小伙子，我马上就要施展变形魔法了，就算你不高兴也阻止不了我。"

欧维克回到椅子边坐下，假装很生气的样子，其实内心高兴极了。红里拉走到柜子前，打开抽屉拿了些什么东西出来，然后走到水桶边。她右手好像紧紧攥着什么，左手伸进水桶里，把三条鱼小心地抓出来，轻轻地放到地板上。鱼儿离开水，嘴巴一张一合地艰难呼吸着。

红里拉没等几秒，就用右手挨个碰了下它们。三条鱼一下子变成了三个年轻漂亮的姑娘。她们个子高高的，长得很漂亮，穿着美丽的衣裙。之前的金鱼拥有一头耀眼的金发，湛蓝的眼睛，白皙的皮肤。之前的铜鱼拥有一头褐色的头发，透亮的灰色眼睛，小麦色的健康皮肤。之前的银鱼拥有一头银白的头发，皮肤如凝脂般细滑，深棕色的眼睛。她的银白头发搭配着粉红的脸蛋、红红的嘴唇，反差极大，漂亮极了。三个人相比，她看起来更显得年轻些！

她们恢复原形后，立马向百变大王鞠躬致意，说："谢谢你，红里拉！"

然后又向欧维克鞠躬说："谢谢你，欧维克！"

红里拉非常满意自己的杰作，高兴地说："太棒了！你们这个模样比鱼儿漂亮有趣多了！这个笨蛋斯基泽人刚才还千方百计地阻止我呢！你们不应该感谢他。现在让我们来为你们成功变形庆祝一下吧！"

说完她拍了拍手，变出了一张摆满食物的长桌子。这次除了红里拉和欧维克的椅子，还特意给三大魔法师也准备了座位。

"来，朋友们，快坐下享用美食！不要客气！"百变大王红里拉招呼完他们，自己却没坐下，而是又走到柜子前，"亲爱的朋友们，你们那么漂亮那么优雅，我都比不上了！因此我决定变回我的原形再入席！"

说完这话，她就变成了一个漂亮可爱的姑娘。虽然个子没有三大魔法师高，但是身材更加丰满，衣服更加华丽。她还扎了一条漂亮的宝石腰带，脖子上戴着一串晶莹润透的珍珠项链。她的头发是鲜艳的红褐色，大大的黑眼睛，明眸善睐。

欧维克问道："这是你本来的模样吗？"

"没错，我本来就是这个样子！不过我很少展示我的原形。这里也没人懂得欣赏，我自己欣赏自己，已经厌倦了！"

欧维克说："我现在终于知道，你为什么叫红里拉了。"

她笑着说："是因为我红色的头发。我之所以不常变回原形的原因之一，是我不怎么喜欢我的红头发。"

"你这样子非常漂亮！"欧维克由衷地赞叹道，这时他想起还有三位姑娘，又补充道，"当然，不是所有的女人都要有红头发，要是那样也不稀奇了。金发、银发和褐发都很漂亮。"

四位姑娘相视一笑，可怜的斯基泽人尴尬地埋头吃饭了。姑娘们相互交谈着。三大魔法师向红里拉坦白了自己的身份，把她们如何被变成鱼，如何想办法让她帮她们恢复原形都告诉了红里拉。她们坦承如果她们直接请求她帮助，她一定会拒绝。

百变大王红里拉也承认："确实如此，我的规矩就是不用魔法帮助别人。如果我破例一次，以后我的家里就会人群熙攘，都来让我帮忙。我就喜欢单独待着，最讨厌人多。不过，话说回来，我并不后悔把你们变回了原形，希望你们可以把沉没的岛抬起来，解救那些可怜的斯基泽人。不过，你们一定要答应我，从此以后，永远不要回到这里，也不能把我帮你们的事情告诉别人，任何人都不可以。"

三大魔法师和欧维克由衷地感谢百变大王的帮助。他们发誓一定会信守诺言，再也不会来这里。告别后，他们就离开了。

第二十章

一个讨厌的问题

　　格琳达决定利用魔法控制那艘废弃的潜水艇，让它动起来。她让她的随从和剩下的几个斯基泽人离开岸边，到棕榈树那边去，只留下小个子魔法师做助手，帮助自己施展魔法，因为小个子魔法师是她的学生。

　　当小艇上的人都走光后，格琳达对小个子魔法师说道："让我们先试试第1163号魔法配方吧！这个魔法的神奇之处就是可以控制任何没有生命的东西。你有没有带魔法棒？"

　　"瞧，我包里经常会带一根魔法棒。"小个子魔法师说完从他的黑色手提包里掏出来一根漂亮的魔法棒，交给了格琳达。格琳达也带了一个魔法工具包，比小个子魔法师的包要小，在格琳达的包里有各种各样稀奇古怪的魔法工具。她从包里找出一包药粉还有一瓶药水，把药水和药粉都涂在了魔法棒上，魔法棒立马噼里啪啦地响了起来，还溅出漂亮妖艳的紫色火花。

　　女巫格琳达踏上潜水艇，高高地举起魔法棒，只看见不断有火花从魔

法棒上落下来，黑色的钢铁小艇被盖得严严实实，格琳达低声地念了几句悦耳的咒语。

短短几分钟后，紫色的火花便消失不见了，那些落在小艇上的火花也消失了，一丁点儿痕迹都没留下。一切平息下来后，格琳达呼了口气，将魔法棒还给了小个子魔法师。小个子魔法师又将魔法棒放进了黑色手提包里。

"这下应该成功了。"小个子魔法师拍着胸脯说道。

"我们先试试吧！"女巫看了小个子一眼说道。

两个人都坐进了小艇。女巫指着河的另一边，用命令的语气说道："小艇，小艇，带我们去湖对岸吧。"

小艇像是有了生命一样，自己在沙滩上移动了起来，慢慢地挪到了水里，然后调整了方向，飞速地向湖对岸窜去。

"好厉害啊，实在是太棒了！"小个子魔法师兴奋地欢呼起来，小艇快到对岸的时候慢慢降下了速度，"估计库伊欧女王的魔法也就这种程度了吧！"

女巫又对小艇说道："停下来，带我们潜到库伊欧女王命令你出来的那个门，就是那个沉岛的地下室门口。"

小艇像是听懂了女巫的命令，开始下潜。下潜的时候，小艇的两侧升起了两块挡水板，在格琳达和小个子魔法师的头顶上方连起来，这样就形成了一个防水舱。这个防水罩上有四个玻璃窗，每个方向都有一块玻璃，格琳达和小个子魔法师能很清楚地看到他们要走的方向。潜水艇下水后的速度比在水面上要慢，不过还是顺利到达了小岛旁边。小艇的前端压住了大圆顶地下室的大理石门，停了下来。这扇紧闭的大理石门从外面很难打开，格琳达和小个子魔法师都明白，除非是门里有人念咒语才能打开，不然小艇根本开不进去，可是格琳达他们并不知道打开大理石门的咒语。

小个子魔法师垂头丧气地说道："好不容易潜水下来，折腾了这么长时间，到头来还是进不去，只有知道咒语才能打开这扇大门吧！"

"咒语只有库伊欧才知道，我研究一下的话，大概可以发现这个咒语怎么念，但是得花些时间，看来我还是先回到伙伴身边去比较好。这件事情还需要从长计议！"格琳达说道。

"通往成功的道路真是艰难啊！好不容易搞定了潜水艇，又被大理石门挡住了去路，真是太丢人了！"小个子魔法师嘟囔道。

格琳达又念动咒语，命令小艇升起来，一直上升到斯基泽岛的玻璃大圆顶高度才停下来，然后潜水艇开始慢慢地围绕着大圆顶转圈。

这时，在大圆顶里面有好多人都紧紧贴在玻璃旁边，睁大眼睛看着潜水艇，多萝茜和奥兹玛也在人群里看着，透过潜水艇的玻璃窗，仔细一看潜水艇里的人正是格琳达和小个子魔法师。格琳达也看到了在大圆顶里的奥兹玛和多萝茜，她命令潜水艇靠近大圆顶边缘，然后停了下来。隔着玻璃，格琳达和奥兹玛挥手打招呼，他们互相之间听不到对方说什么，毕竟中间隔着潜水艇、湖水和玻璃大圆顶。小个子魔法师夸张地打着手势，想告诉奥兹玛和多萝茜，他们是来救她们的。奥兹玛也冲他们微笑着，心里清楚地明白她的朋友们的来意。潜水艇里的格琳达看到两个姑娘没什么大碍，松了一口气，这样她就能放心地想办法来救姑娘们了。

暂时没有想到什么办法，格琳达又命令潜水艇回到岸上，小艇先是慢慢上升到水面上，然后打开防水罩，两块防水板又收回了潜水艇里，接着变成船，飞快地驶到了岸上，停在他们刚刚出发的地方。

留在岸上的奥兹人和斯基泽人赶紧凑了过来，询问他们水下的情况，到达小岛了没有，见没见到奥兹玛和多萝茜。小个子魔法师告诉他们，在水下潜水艇被一扇大理石门挡住了去路，现在要想办法打开大门才行。

格琳达觉得想要把小岛升起来，救出奥兹玛和多萝茜，可不是一时半会儿就能成功的，预计需要花费好些日子。于是决定在岸边和棕榈树之间暂时安顿下来。

小个子魔法师用魔法变出了很多个帐篷，格琳达也用魔法帮忙，在帐篷里布置了床、桌椅板凳、地毯、灯，还有一些休闲的书籍。在每个帐篷的中间都有一个柱子，上面高高插着奥兹国的王家旗帜。其中一间现在还没有住人的帐篷的柱子上，飘着奥兹玛公主自己的旗帜，随着微风轻轻飘动。

他们都安排好了住处，贝翠和特洛特住在一起，亮纽扣和奥乔住在一起。稻草人和铁皮樵夫住一间，南瓜人和邋遢人住一间。比尔船长和亨利叔叔住一间，滴答人和环状甲虫教授住一间。为奥兹玛准备的帐篷是其中最豪华的一间，其次是格琳达住的帐篷，而小个子魔法师的帐篷是最小的。

每到吃饭的时候，桌子上就变出许多丰盛的食物，这些便捷舒适的服务可以让每一个人都可以休息好，就仿佛在自己的家里一样。

已经很晚了，格琳达还没有睡觉，正坐在帐篷里一心一意地研究着一本魔法书，希望能找出一个合适的咒语可以打开地下室的那扇大理石门，以便进入到大圆顶里面。她反反复复地做了许多次实验，希望有所收获，可是一直到天亮也没有什么进展。

小岛上的那扇门和其他普通的门不一样，打开任何一扇普通的门对于格琳达来说都是轻而易举的。但是水下的大理石门只有一种咒语能打开，其他咒语都不行。而这句咒语只有库伊欧一个人知道，麻烦的是她现在已经忘记了曾经的所有事情。那现在只能想办法把大理石门上的魔法解除，才能进入沉没的岛屿。魔法不存在了，也就不需要库伊欧的咒语了。

第二天一早，格琳达带着小个子魔法师又坐着潜水艇潜到水底，来到了大理石门前。他们尝试了好几种办法，还是没有把门打开。

"我觉得我们得放弃这个办法了。"格琳达说道，"按照我们的思路，如果可以进入到大圆顶里，然后潜到地下室去，探究一下库伊欧是用什么方法控制这座岛的上升和下降的，这是抬起沉岛最直接的方法。我本来觉得乘坐潜水艇，从大理石门直接进入库伊欧驾驶潜水艇出来的地下室是最容易做到的。事实证明这个方法不行。既然没办法通过大理石门，看来我们还得想其他方法进入大圆顶里。我们还得好好琢磨一下，尽快把奥兹玛和多萝茜救出来。"

"这可不简单。你想啊，奥兹玛本身就会很多魔法，待在里面那么长时间，一定尝试过把沉岛抬起来或者从里面逃出来。如果有办法，她们早就自救成功了。"小个子魔法师说道。

"你说得没错，但是奥兹玛的魔法是仙术，而我们是魔法师。我们三个人的法力都很强大，可是依旧没办法把岛升起来，那就说明这座岛的魔法和我们所掌握的魔法无关。所以我的意思是，用我们所知的魔法，通过其他办法来把岛升起来。"格琳达思考着说道。

他们坐着潜水艇又在大圆顶周围绕了一圈，再次看到了被困在大圆顶里的奥兹玛和多萝茜。他们向两个姑娘挥了挥手，打着招呼。

奥兹玛看到后，心领神会，知道她的朋友们正在尽力想办法营救她们。她向他们微笑着，表示自己很安全，而多萝茜却很苦恼，为了不让朋友们担心，也努力地微笑着表示自己很勇敢。

潜水艇返回营地里，格琳达又开始在帐篷里做实验，她尝试了各种魔法，以求找到一种可以帮助奥兹玛和多萝茜。小个子魔法师站在湖边深思着，静静地注视着清澈湖水下的大圆顶。就在他抬起头眺望远处的时候，隐约看到有一群陌生人从湖边走过来。走近后才看清楚，原来是三个衣着华丽、美丽优雅的年轻姑娘，她们的身后还跟着一个年轻的斯基泽青年。

小个子魔法师觉得她们看起来很友善，意识到这几个人可能至关重要，因此赶紧上前迎接他们。那三个姑娘也礼貌地和他打了招呼，其中一个金发姑娘说："看你的打扮，应该是闻名遐迩的奥兹魔法师吧！我听说过你，很高兴见到你，我们是来找格琳达女巫的，你能带我们去见她吗？"

"没问题，请跟我来吧！"小个子魔法师说道。

小个子魔法师并不清楚三位姑娘是干什么的，他很好奇她们的身份，更好奇她们找格琳达有什么事情。但是出于礼貌，他一路上什么都没问，只是一言不发地给三个姑娘带路。

没一会儿就走到了格琳达的帐篷里，小个子魔法师鞠了一躬之后，把三位客人引见给了正在埋头做实验的格琳达。

第二十一章

三大魔法师

听小个子魔法师说来了三位客人，格琳达从她的实验里抬起头来，认真端详着眼前的三位姑娘。看见她们气质优雅、仪表不凡，格琳达就站起身来，端庄高贵地向她们鞠躬问好。三位姑娘立即就跪在了地上，然后又站了起来，等着女巫格琳达开口说话。

"无论你们是什么人！真诚地欢迎你们，三位姑娘！"格琳达说。

"我是奥达。"一个姑娘说道。

"我是奥拉。"另一个也介绍自己。

"我是奥佳。"最后一个说。

格琳达皱了下眉头，因为她从来没听过这几个

名字，不过她仔细打量了一番她们之后，又说："你们是女巫还是魔法师？"

"我们只不过从造化女神那里偷学了些许小魔法，但我们几个的本事太弱了，根本比不过伟大的格琳达女巫的魔法。"褐发姑娘谦虚地回答道。

"你们应该清楚的，在奥兹国里，没有奥兹玛公主的允许，是不能使用魔法的，那是违反法律的。"

"很抱歉，我们并不知道这些规定。我们知道奥兹玛的威名，她是整个奥兹仙境的统治者，但是我们不在她法律的管辖范围之内。"三位姑娘回答道。

格琳达又默默地打量了一番三位陌生的姑娘，继续说道："奥兹玛女王现在遇到了一些麻烦，她们被困在斯基泽的小岛里，可是小岛被库伊欧女王用魔法沉在了湖底。而把小岛升起来的魔法只有库伊欧一个人知道，但是她现在也被平顶头人苏迪克变成了一只愚蠢的天鹅。我们正在想办法解除库伊欧的魔法，把奥兹玛公主解救出来，你们愿意帮忙吗？"

三个姑娘看了看彼此，银发姑娘说道："虽然我们不知道库伊欧的魔法是什么，但是我们很乐意能为您尽一份力量。"

格琳达想了想，又说道："据说库伊欧的魔法都是偷三大魔法师的，那三大魔法师是平顶头人原本的统治者，后来在一次宴会上被库伊欧陷害，变成了三条可怜的鱼，扔进了这个湖里。就在你们来的时候，我正打算去湖里找到那三条鱼，帮助她们恢复原形。如果成功的话，问题可能就简单许多。也许她们知道库依欧是怎么控制岛屿的上升和下降的。现在我们一起去找这三条鱼吧！"

三个姑娘笑了笑，金发姑娘说道："不用麻烦去找了，我们三个就是湖里的那三条鱼。"

"真的吗？"格琳达惊讶地说，"所以说，你们就是三大魔法师？你们已经恢复原形了？"

"没错，我们的确就是三大魔法师。"奥佳说道。

"太好了，找到了你们，我就等于成功了一半。但是，我很好奇是什么人帮你们恢复原形的？"格琳达问。

"很抱歉，我们答应过对方，绝对不会说出这件事的，但我们恢复原形多亏了这个年轻的斯基泽青年帮忙，他聪明勇敢，更难能可贵的是诚实守信。我们都很感谢他。"奥拉说道。

格琳达看了看站在三大魔法师身后的欧维克，他手里握着帽子，谦虚地侧立在旁边。

格琳达点了点头，欣慰地说："他会得到好报的。他帮助了你们，就等于帮助了我们，更可能解救了他的人民，让他们摆脱湖水的围困，重见天日。"

女巫格琳达安排客人们坐下，和小个子魔法师一起，同三大魔法师聊了很久，大有相见恨晚之意。

奥拉说："库伊欧把我们变成鱼之后，她使用的所有魔法、咒语和配方都是从我们这里偷走的。她的那些把戏都是依靠我们的魔法做基础，我们只要在自己魔法的基础上加点儿东西，也许就有机会破解库伊欧的魔法了。现在只要能进入到玻璃大圆顶里面，我们就能知道库伊欧搞的什么鬼。"

"那你们有没有什么办法，能让大家进入到玻璃大圆顶里面呢？"格琳达问。

三大魔法师从没想过这件事，无法回答。她们开始静静地思考，小个子魔法师也在一旁琢磨着办法，大家都不说话，安静极了。就在这时特洛特和贝翠带着碎布姑娘冲了进来。

"嗨，格琳达，斯克丽普丝想了一个解救奥兹玛和多萝茜的办法，也能解救全部的斯基泽人。"特洛特叫道。

三大魔法师不禁被他们有趣的样子逗笑了，碎布姑娘的奇怪模样实在是太搞笑了，特洛特的热情感染了她们每一个人。就连法力高强的格琳达和小个子魔法师还有聪明的三位魔法师都没有想出升起小岛的办法，这个模样可爱、身体里塞满棉花的碎布姑娘估计也没办法解决这个难题。

格琳达慈爱地看着眼前三个可爱的孩子，满脸笑容，轻轻地拍着他们的头说道："斯克丽普丝那么聪明，快告诉我，你想出了什么好办法啊？"

"很愿意为您效劳，如果你能把湖里所有的水都抽干，那就不用费心想

办法把它升起来了啊！那样的话，我们就可以随意出入了。"特洛特有些忍不住，急切地说出了碎布姑娘的想法。

格琳达被她的想法逗笑了，小个子魔法师提醒她们说："要是抽干了湖水，那里面那么多可爱的鱼儿怎么办？它们会渴死的！"

"哎呀，糟糕！我还真的把鱼儿给忘掉了，特洛特，你也忘记考虑湖里的鱼儿了吧？"贝翠有些沮丧地说道。

"这样的话，我们可不可以把鱼儿变成蝌蚪，让它们在一个小池塘里游来游去，不就好了吗？它们还是可以生存的。"斯克丽普丝又想到一个办法，在空中翻了个跟头，单脚落下来站着。

"行不通的，我们没有经过鱼儿的允许是不能随意改变它们的形态的，任何生物都有自己的权利，我们要尊重它们才对，否则就是犯罪。这个斯基泽湖本身就是鱼儿的家，属于它们。"小个子魔法师立马认真了起来。

"好吧，那我也没办法了！"碎布姑娘调皮地做了一个鬼脸，说道。

特洛特沮丧地叹了口气，说："真是可惜，我还以为我们想出了一个绝妙的好主意。"

"不，亲爱的，你们确实想了一个很不错的主意，碎布姑娘说的并不是完全没有道理。"格琳达突然严肃起来，思索着问题。

"我同意抽水的办法，大圆顶房子的顶端距离湖面不远，也就几英尺的距离。我可以把湖水抽出一小部分，把水位控制在只露出一点儿大圆顶的地方，这样就不会伤害到鱼儿了。然后我们在大圆顶上卸掉一块玻璃，这样就能用绳子顺利进入到里面去了。"金发姑娘站起来说道。

"必须要给鱼儿留足够的水才行啊！"银发姑娘说道。

"如果我们把岛顺利升起来，到时候再把抽出来的水补回去就好了。"褐发姑娘建议道。

"好样的，碎布姑娘，这真是个好方法！"小个子魔法师激动地拍着手说。

特洛特、贝翠和碎布姑娘并不认识眼前的三大魔法师，好奇地盯着她们看。格琳达挨个给她们介绍了眼前的三位美丽的姑娘，然后就让她们回去休息了。而她还在继续思考完善这个办法，想着如何把想法变成现实。

那天夜里没有什么事情要做，小个子魔法师变出了帐篷供三大魔法师休息。格琳达把所有人聚在一起，大家都热情地欢迎三大魔法师的到来。三位姑娘也很开心，她们惊讶地看着这些奇奇怪怪的人，南瓜人杰克、稻草人、铁皮樵夫，还有滴答人，他们和碎布姑娘一样可爱、闹腾，能生活，能思考，也能说话，真是神奇无比。三大魔法师最喜欢的还是碎布姑娘，总是被她那滑稽可爱的动作逗得哈哈大笑。

晚上的聚会非常精彩，格琳达为大家准备了很多丰盛的食物，还有美酒。稻草人还给大家朗诵了一首诗，胆小狮用他可爱浑厚的声音唱了一首歌。大家唯一的心事就是希望快点救出被困在湖底的奥兹玛和多萝茜。

第二十二章

沉 岛

第二天一早，用过餐后，小个子魔法师和格琳达还有三大魔法师就动身来到了湖边。其他人远远地站在他们的身后，满怀敬畏地静静看着他们。

他们面朝着沉没的岛屿站成一排，格琳达站在中间，一边是奥达和奥拉，另一边是小个子魔法师和奥佳。他们同时把胳膊伸到水面上，嘴里一起念着咒语。

他们轻轻挥动着手臂，咒语念了一遍又一遍。很快站在他们身后的人们就看到湖面上的水开始慢慢下降了。没过一会儿，大圆顶最上面的玻璃就露了出来。湖水还在慢慢消退，当大圆顶的位置露出约有三四英尺的时候，格琳达下令停止了施法，完成了抽水。

他们的魔法显出了显著的效果。

现在黑色的潜水艇已经完全离开了水面，不过亨利叔叔和比尔船长又一齐用力把它推进了水里。接着格琳达、小个子魔法师、欧维克和三大魔法师一起登上了潜水艇，他们拿着一捆结实的粗绳子。格琳达施展魔法，潜水艇开始驶向水面上露出来的大圆顶玻璃那里。

"现在湖里的水变少了，不过剩下的水足够鱼儿们生存。或许它们还是喜欢充沛的水资源，那就要等我们救出奥兹玛和多萝茜，再把湖水恢复原样了，我相信鱼儿们一定可以克服这暂时的困难。"小个子魔法师在潜水艇驶向大圆顶的路上，开口说道。

潜水艇很快就靠近了大圆顶，轻轻地碰到了侧面的玻璃。小个子魔法师灵活地从他随身带着的提包里拿出了工具，很利索地卸下一块大玻璃，如此这般大圆顶上就出现了一个洞，这个洞足够他们钻进去。大圆顶的玻璃都镶嵌在结实的钢架里，小个子魔法师用绳子绑住钢架，说道："我先下去，放心吧！虽然我不如比尔船长灵活，但至少还是能对付的。你确定这根绳子够长吗？能顺利到达底下吗？"

"放心吧，足够你下去。"格琳达回答道。

小个子魔法师把绳子放了下去，钻过玻璃洞，小心翼翼地抓紧绳子，双腿夹紧，双手交替着一点一点往下滑。在玻璃顶底下有好多人都在围着看，街道上、公园里的人们，无论男女老少，都在注视着慢慢滑下的小个子魔法师。奥兹玛和多萝茜也看到了他，奥丽克丝小姐在身边陪着她们。朋友们来救她们了，大家都很激动。

现在奥兹玛就住在库伊欧女王原来的王宫里。王宫正好在大圆顶下的正中央。小个子魔法师慢慢地滑落下来，刚好落在王宫的门口。几个斯基泽人跑过来帮忙拽着绳子，以免绳子来回晃动，小个子魔法师才安全地落到地面上。他激动地拥抱了奥兹玛和多萝茜，所有的斯基泽人都沸腾了起来。

小个子魔法师觉得绳子足够长，可以在大圆顶上面和地面之间再打个来回。于是他就在绳子的一端绑了一把椅子，让格琳达坐在上面，他和几

个斯基泽人在下面慢慢松绳子，格琳达就轻松地落到了地面上。很快，三大魔法师和欧维克也顺着绳子下来了。

三大魔法师的出现让斯基泽人很兴奋，他们还认得三位善良的姑娘。因为在邪恶的库伊欧女王陷害三大魔法师之前，斯基泽的人们一直都很敬仰她们。大家热烈地欢迎她们的到来。所有人本来还在为被困在水底而惶恐不安，现在已经长长地松了一口气，觉得出去的希望就在眼前，解救他们的朋友已经来了。

格琳达、小个子魔法师和三大魔法师被奥兹玛和多萝茜请进了王宫，他们还邀请了奥丽克丝小姐和欧维克一起。奥兹玛对她们说了之前遇到的事情，她们冒险阻止了平顶头人和斯基泽人之间的战争。格琳达则讲了救援小队现在的情况，还有三大魔法师在欧维克的帮助下变回原形的事情。然后，大家又开始讨论现在面临的问题，就是怎么把小岛升起来。

"我在你们来之前已经使尽了浑身解数，实验了好多好多次，但是结果都不尽如人意，全部失败了。库伊欧的魔法和我的魔法完全不一样，她魔法的关键就是一句咒语，这句咒语只有她自己一个人知道。"奥兹玛说道。

"她的魔法正是从我们这里偷走的。"奥拉说道。

"亲爱的格琳达，我已经束手无策了，希望你可以来试一下！"奥兹玛说。

"嗯！我们还是先去地下室看看吧！我听说这个地下室就在村子的下方。"格琳达说。

有一条大理石阶梯从库伊欧的一间密室里直接通往地下室，当所有人到达那里的时候，都被眼前看到的东西惊呆了。这里是一个宽敞但很矮的地方，在房间的中央放着好多巨大的齿轮，上面有链条还有滑轮，纵横交错地连接在一起，看起来就好像一架庞大的机器。但是表面上看不到发动机器的引擎或者别的动力装置，不知道用什么方法可以启动它。

奥兹玛说："如果没猜错的话，这架机器应该就是控制小岛上升或者下沉的机器。但我们大家都不知道启动这个机器装置的咒语。"

三大魔法师仔细地观察了一番，挨个看了那些齿轮。很快，金发姑娘

就有了发现，说道：

"这些齿轮并不是控制小岛的，其中一组是用来打开那些小房间的门的，那些小房间里面放着潜水艇。每一个房间都有两扇门，一扇门通往我们所在的地下室，另一扇门则是通往湖里。你们看，从链条和滑轮的功能就能看出这一点。每次遇到危机情况，库伊欧都会用小艇和平顶头人战斗。她会先命令地下室的门打开，等她带着手下人员进入小艇之后，把防水罩关闭好，就会把地下室的门关上。然后通往湖里的门打开后，外面的湖水就会把房间灌满。这样小艇就能漂浮起来，然后离开小岛，潜水到外面。"

"那她怎么回来呢？"小个子魔法师好奇地问。

"是这样的，潜水艇先进入到房间里，等外面的门关上之后，库伊欧会念动咒语，一只水泵就会把房间里的水抽得一干二净。然后小艇的防水罩打开，这样库伊欧就能进到地下室里了。"

"我懂了，这个设计真是奇妙。不过我们不知道咒语的话，似乎也没什么用处。"小个子魔法师嘟囔道。

银发大魔法师开始解释说："这架机器的另外一部分是用来架设跨越小岛和陆地之间的那座钢桥的。钢桥一直就放在和小艇同样的小房间里面。只要库伊欧念动相应的咒语，使用魔法，它就会一节一节地伸出去，直到架在湖岸上。同样的道理，只要她再念动咒语，钢桥就可以自动收回来了。不过这架钢桥只有在小岛上升的时候才能使用。"

"但是这些和岛屿上升下降又有什么关系呢？你们知道库伊欧到底是怎么控制岛屿的吗？"格琳达说道。

三大魔法师都沉默了，因为她们暂时也不知道解决办法。看来地下室里也没有她们要找的答案，于是大家又回到了女王的密室里。奥兹玛把他们带到了一个特别的房间里。在这里藏着库伊欧所有的魔法道具，她所有的魔法就是在这里发明并且施展的。

第二十三章

咒语

大家在库伊欧的魔法室里发现了很多有意思的东西，里面就有很多是原本属于三大魔法师的，在她们被变成鱼后被库伊欧占有了。大家都得承认，库伊欧在机械方面确实是个难得一见的天才。她运用已有的知识发明出很多机械设备，这是那些一般的女巫和魔法师根本做不到的。

他们把房间里的每一件东西都仔细察看了一遍。

格琳达思考了一会儿，说："这座岛本来应该是坐落在一块坚固的大理石上。当岛屿下沉后就直接落到了湖底。让我感到疑惑的是，就算是用魔法，按道理讲也很难把这么重的岛屿抬起来，并且还要让它在水上保持悬浮的状态。"

奥佳说道："对了，我想起来了。我们教过库伊欧一种使钢铁膨胀的法术。我觉得这也许可以解答如何让岛屿上升下降的问题。我发现在地下室有一根穿过地板，指向王宫的巨大铁柱子。我猜想那根铁柱子的另一端就藏在王宫的这个房间里。如果事先把铁柱子的下端固定在湖底，那么只要库伊欧念一下咒语，铁柱子就会膨胀，那么岛屿也就可以上升到水面了。"

"在这里！我找到铁柱子的顶端了！"这时，小个子魔法师指着房间里的一个大铁盆说道。那个大铁盆锃光瓦亮的，似乎是被固定在了地板上。

大家都聚拢过来，奥兹玛说："没错，我敢肯定这就是铁柱子的顶端，它支撑着整个岛屿。我第一次来这里的时候就注意到它了。你们看，它的中间是凹陷的，里面应该燃烧过什么东西，现在还有火留下的痕迹。我当时不知道它下面是什么，觉得好奇，还命令几个斯基泽人帮忙抬起它，结果那几个强壮的斯基泽人根本就抬不动。"

大魔法师奥达说："这么说来，我们应该是发现了库伊欧让岛屿上升的秘密。她需要在这个铁盆里燃烧一些魔法药，然后念咒语，铁柱子就会膨胀，之后岛屿就可以抬起来了。"

多萝茜跟在大家身后一起搜寻，她在铁盆子旁边的墙壁上，发现了一个小小的凹槽。

"咦？这是什么呀？"多萝茜边说边用手指抠了一下凹槽，墙上立马弹出了一个很小的抽屉。

三大魔法师、格琳达以及小个子魔法师赶紧跑来看，只见里面装有半抽屉的灰色魔法药。小药粒好像被什么东西推动着，在不停地翻滚着。

小个子魔法师轻声说道："这

东西估计是镭的一种。"

格琳达否定道："应该不是，这种东西比镭还要神奇许多。我知道它是什么，这是一种罕见的矿物粉，魔法师们称它为'高劳'。不知道库伊欧是怎么发现这东西的，又是在哪里找到的。"

"那就可以肯定了，这应该就是库伊欧在铁盆里燃烧的那种魔法药。现在我们只要能知道咒语是什么，就可以让岛屿升起来了。"大魔法师奥佳坚定地说。

奥兹玛问格琳达："那我们如何才能知道咒语呢？"

"嗯……我觉得我们得仔细研究一下这件事。"格琳达说。

于是，大家都静静地坐下来，开始思考解决的办法。魔法间里寂静无声，没过一会儿，多萝茜就坐不住了。让小姑娘长时间保持安静本身就是很困难的一件事。于是，即使多萝茜知道她的朋友们可能会生气，她还是憋不住地说道："呃……我觉得也许库伊欧的咒语只有三句——架起钢桥、启动潜水艇、升降岛屿。我们知道她的名字恰好也是三个字——库、伊、欧。"

小个子魔法师听了皱了皱眉头，格琳达更是瞪大了眼睛吃惊地看着她，而奥兹玛大声尖叫起来："天啊！亲爱的多萝茜，你的想法真是妙不可言！你帮我们解开了一个大难题。"

格琳达也赞同道："我觉得真的可以试上一试，库伊欧确实非常可能会这样做，把自己的名字分成了三句咒语。多萝茜的猜想也许正好给了我们某种启示，这真是醍醐灌顶！"

三大魔法师也觉得可以试验一下，只有褐发姑娘发表意见说："不过我们务必要谨慎一些，要是念错了咒语，或许就把钢桥送出水面了。多萝茜的猜想如果正确，我们要做的就是确定哪一句咒语是控制岛屿升降的。"

"那我们就开始试验一下吧！"小个子魔法师提出建议。

在那个装着灰色滚动魔法药的抽屉里，还放着一只金色的杯子。大家觉得那一定是衡量魔法药的器皿。格琳达用金杯装了一整杯魔法药，郑重地倒到浅浅的铁盆里。这个铁盆就是支撑岛屿的大铁柱的顶端。接下来大

魔法师奥佳点着了一根蜡烛，然后把燃烧的蜡烛靠近魔法药。只见魔法药一下子变成了红色，好像沸腾了似的在铁盆里不停地上下翻滚着。格琳达趁着魔法药还红着，弯下腰坚定地冲着它说道："库！"

大家都凝神屏息地等待着即将要发生的事情。忽然，耳边传来刺耳的机械启动的声音，可是沉岛并没有动弹一下。

这个房间的窗户正好对着大圆顶有玻璃的一边，透过窗户可以清晰地看到外面。多萝茜跑到窗边一看，大声叫了起来："快看！是潜水艇！它在水底下发动了！"

小个子魔法师有些郁闷地嘟囔道："看来我们搞错了咒语！"

"不过这也恰好说明我们思考的方向是正确的，库伊欧确实是把自己的名字拆开当作咒语了。"大魔法师奥佳说。

奥兹玛也说道："既然'库'是启动潜水艇，'伊'或许就是架起钢桥，那么名字里的最后一个字或许就是升降岛屿了。"

"那就让我们试一试吧！"小个子魔法师说。

他把魔法药的灰从铁盆里轻轻地刮出来，格琳达又从抽屉里取了一金杯魔法药，倒入铁盆。大魔法师奥佳用蜡烛点燃了魔法药，奥兹玛靠近铁盆，俯下身子拉长声音，慢慢地念着咒语："欧——欧——欧！"

小岛立马开始颤抖起来，伴随着轰隆隆的响声，小岛开始慢慢地平稳上升了。虽然速度很慢很慢，但是确实很稳当。其他人满怀敬畏地站在旁边，静静地为这件神奇的事情而感叹！就算是那些法力高强的女巫和魔法师们，也想不到只凭一个字的咒语就能让这个沉重的岛屿升起来。何况岛屿上面还覆盖着一个大圆顶。真是让人惊叹不已！

"哎呀！我们已经浮到水面之上了！"多萝茜兴奋地尖叫起来，此时小岛已经停止了上升。

格琳达说："这是因为我们之前抽掉了很多的湖水！"

此时，大家听到村子里的街道上传来了斯基泽人激动的欢呼声，他们知道整个斯基泽魔法岛得救了。

奥兹玛急忙说道："快点儿，我们也下去吧，到人们的中间去。"

"现在还不是时候，我们要先把钢桥伸到湖岸上，从翡翠城不远千里来的朋友们还在那里等我们呢！"格琳达笑着说道，她的脸上绽放出愉快的笑容，为大家取得的成功发自内心地高兴。

他们又在铁盆里放了魔法药，点燃后念着咒语："伊！"只见地下室的门应声而开，桥梁一节一节地延伸出去，架在了湖岸上，正好落在帐篷的前面。

格琳达说："我们现在可以去和斯基泽的人民一起庆祝了，当然还有我们可爱的救援队朋友们。"

湖岸上，碎布姑娘正朝他们挥着手，欢迎她们的归来。

第二十四章

格琳达的胜利

和我们想的一样，格琳达的救援队朋友们纷纷经过钢桥登上了斯基泽岛屿，斯基泽人民热烈地欢迎着他们的到来。在岛上全体斯基泽人的聚会中，奥兹玛女王在王宫的门厅前发表了讲话。

她首先要求大家承认她是这里合法的统治者，其次要求大家要严格服从奥兹国的法律。当然，作为回报她答应从此以后保护他们不受到任何伤害，也公开宣布他们此后不会受到任何虐待。

斯基泽人民高兴地欢呼起来。奥兹玛让他们自己选举一位女王来管理岛屿，这一位斯基泽新女王要服从奥兹国的统治者奥兹玛公主的命令。他们选

出了奥丽克丝小姐担当新女王，就在同一天的时间里，为新女王举行了隆重的加冕仪式。就这样奥丽克丝成为这个王宫的新主人。

鉴于三大魔法师对欧维克的一致赞扬，认为他正直、忠诚又机智，新女王让欧维克担任了宰相职位。对于这项任命决定，所有的斯基泽人也都发自内心地赞同拥护。

格琳达、小个子魔法师和三大魔法师站在钢桥上，嘴里念着咒语，只见湖里的水又填了回去，变得和之前一样满满的。稻草人和碎布姑娘爬到大圆顶的最上面，把之前卸下来的那块玻璃重新装好了。

夜幕马上就要降临了，奥兹玛吩咐大家准备盛大的晚会。所有的斯基泽人都受邀来参加晚会。村子里布置得非常美丽，灯光璀璨，欢快的音乐响起来，人们唱着歌、跳着舞一直到深夜，庆祝着摆脱了旧女王的残酷压迫，摆脱了水的围困，得到了解放，重获了自由。

第二天清晨，翡翠城的客人们就要离开了。奥丽克丝女王对奥兹玛说道："我现在还有一件事有些许担心，那就是平顶头人苏迪克——我们可怕的敌人，他随时都可能会来侵犯我们。我的子民们是热爱和平的，和那些野蛮、凶狠的平顶头人正面对抗困难重重。"

奥兹玛语气轻柔地安慰她说："不用担心，我们在回去的路上会经过平顶头人的魔法山，到时候稍事停留，把苏迪克惩治了。"

听了奥兹玛的话，奥丽克丝放下心来。奥兹玛带着她的随从们通过了钢桥，回头和斯基泽的朋友们告别。大家挥舞着帽子和手帕欢送他们，乐队高声演奏着动听的乐曲。当时的场面真是令人难以忘怀。

原本把平顶山统治得很好的三大魔法师也跟随着奥兹玛一行人离开了斯基泽岛。她们答应奥兹玛会继续留在平顶山上统治那里，并且会严格遵守奥兹国的法律，拥护奥兹国的统治。

格琳达已经了解了平顶头人的奇怪情况，和小个子魔法师商量出一个计划，可以把他们变聪明一些、讨人喜欢一些。

大家来到平顶山下，奥兹玛和多萝茜带领大家绕过隐形墙（隐形墙是平顶头人在三大魔法师被变形后砌起来的）。她俩又带领大家不停地上上下

下，走了很多的台阶终于到达了山顶。

苏迪克已经发现了他们的到来。他看到三大魔法师已经恢复了原形，正朝她们原来的家走去时，脸都吓得煞白了。他清楚地知道自己就要失去魔力了，但还是打算要负隅顽抗一下。他把全体平顶头人都集合起来，让他们全副武装地待战，还下令让他们把上山来的人们统统抓起来，从山上扔到山下去。他恶狠狠地威胁大家，谁不听话就会受到严厉的惩罚，但是那些平顶头人一看到三大魔法师，就赶紧放下了手中的武器，请求他们本来的统治者庇护。

三大魔法师安慰着惶恐不安的平顶头人，让他们不要害怕。苏迪克见那些平顶头人临阵倒戈，赶紧偷偷逃跑了，想躲起来。不过被三大魔法师发现了，抓住他并且关押了起来，还把他装脑子的罐子都没收了。

轻松地解决了苏迪克后，格琳达把自己的计划告诉了三大魔法师。奥兹玛提前知道这个计划，也赞同这个计划，三大魔法师当然也高兴地同意了。因此，这以后的几天时间里，法力高强的女巫格琳达主要致力于为每一个平顶头人增加智慧。

她把属于每个人的装脑子的罐子依次打开，将里面的东西倒在他们的平顶头上，然后施魔法让他们的头长到脑子上面，和大多数人类一样。如此这般，他们变得和奥兹国的其他子民一样聪明漂亮了。

做完这些事情后，平顶头人这个称呼也就不存在了。三大魔法师为自己的子民取了一个新名字——山民。格琳达的魔法取得了良好的效果——现在每个人都拥有了自己的脑子，而且不会被别人抢走。

苏迪克也得到了他的脑子，他的平顶头也和其他人一样变圆了。不过他的魔法被收回了，这样他就不能干坏事了。三大魔法师一直密切监督着他。他没有别的办法，老实了许多。

那头没脑子的金猪总是在街上横冲直撞地乱跑，除了哼哼什么也不会说。格琳达把她身上的魔力解除了，让她变回了女人的原形，还让她同样拥有了脑子和圆形的头。作为苏迪克的妻子，她之前比苏迪克更恶毒，不过现在的她已经忘却了曾经的罪恶，变成了一个好女人。

所有的结果都很圆满，奥兹玛公主带着她的随从们和三大魔法师告别后，就启程返回翡翠城了。大家对这一次有趣的旅程感到很高兴。

他们沿着奥兹玛和多萝茜走过的路往回走，又把留在半路上的锯木马和红马车顺便带上。

奥兹玛公主说："我很高兴开阔了视野，见识到那些人们。我不仅阻止了他们进一步的战争，还帮他们摆脱了苏迪克和库伊欧的残暴奴役，让他们过上了幸福的生活。现在他们已经成为奥兹国忠诚的子民了。这都证明了一点——无论你的职责多么困难，'在其位，谋其政'都是明智的选择。"